大自然の魔法師アシュト、廃れた領地でスローライフ 6

さとう
SATOU

Illustration
Yoshimo

ローレライ
ドラゴンロード王国のお姫様。現在は妹と一緒に緑龍の村で暮らす。
クララベル
元気いっぱいな、ローレライの妹。姉とアシュトのことが大好き。
エルミナ
希少種族ハイエルフの美少女。こう見えて大のお酒好き。
アシュト
本作の主人公。魔法適性が「植物」だったために家を追放され、魔境オーベルシュタインの領主となる。

ウェルシュドラン
伝説の『烈炎龍《アドライグゴッホ・ドラゴン》』。温泉好きが高じて、宿を経営しているのだが……
シエラ
イタズラ好きな神話七龍のお姉さん。アシュトを優しく見守る。
ライカ
アシュトに保護されたダークエルフの女性。弓の腕は超一流。
フウゴ
何事にもまっすぐなダークエルフの少年で、ライカの弟。
主な登場人物
CHARACTERS

第一章　春の七草鶏《とり》からスープ

「フレキくん、久しぶりに、一緒に薬草採取に行こうか」

「はいっ!!」

ある日、俺はワーウルフ族の少年フレキくんを誘い、薬草採取に出かけることにした。

村で必要な薬の材料は俺とフレキくんで育てている。この村では農作業による怪我人に塗る軟膏《なんこう》や、飲みすぎによる二日酔いを抑える薬、そして腹痛薬の使用が最も多い。

最近、薬院で薬の調合か勉強しかしていないので、気分転換を兼《か》ねて薬草を探しに行くことにしたのだ。

「あの、何を探しに行くんですか？」

「そうだなぁ……あ、そうだ!!」

俺は本棚から一冊の古い本を取り出し、ペラペラとページをめくる。

これはハイエルフの薬草本で、薬草の説明以外にも調合法や、薬膳料理などのレシピも載《の》っている。意外に役立つので、薬院の本棚に置いてあるのだ。ヒマな時はけっこう読んでいる。

「えーと……あ、あった。見てくれ」

「は、はい」

とある項目を指さし、フレキくんに本を突き付ける。

「ええと……春の、七草？」

「ああ。春になるとハイエルフたちは、三日三晩かけてお祭りを行うそうだ。でも、お祭りが終わったあと、みんなハメを外しすぎてお腹を壊したり寝込んだりする人が多かった。そこでハイエルフたちは体調を整えるために、春に自生する七つの薬草を使った薬膳スープを作って飲むらしい」

「へぇ～……あ、そっか!!」

「ああ。新年会、結婚式と豪華な料理が続いたから、俺たちで春の七草を集めて、胃もたれ気味の村人たちに薬膳スープを振舞《ふるま》おう!!」

「おぉぉっ!!　さすがです師匠!!　師匠サイコー!!」

「あ、ああ。ありがとう」

最近、フレキくんのテンションが高いんだよなぁ。まぁガチガチだった最初の頃よりはいいと思うけどね。こっちが素《す》のフレキくんなんだろう。

「でも、どうやって探します？　七つとなると探すのも大変ですし、村人に振舞うなら、けっこうな量が必要ですけど」

「探すのは俺の『探索《サーチ》』を使うから大丈夫。量も、ウッドに増やしてもらえばいい」

「なるほど!!」

魔法適性が『植物』の俺は、周囲を探索する『探索《サーチ》』の魔法を使っても、植物しか探知できない。

でも、今回のように探しものが植物である場合にはかなり役に立つ。

植物を増やすなら植木人《ツリーマン》のウッドに任せればいい。葉を食べたらどんな植物でも複製できるかもらな。

「さて、準備して行こう。まずは、村の誰かに護衛を頼まないとな」

「はい!!」

久しぶりに、のんびりと大自然を満喫しますか。

◇◇◇◇◇◇

「叔父貴《オジキ》、お供させていただきます」

「うっす!!　お供させていただきやっす!!」

「ど、どうも」

デーモンオーガの皆さんは狩りで不在だったので、サラマンダー族若頭のグラッドさんと、舎弟《しゃてい》頭《がしら》のバオブゥさんが同行してくれることになった。

グラッドさんはお馴染《なじ》みだが、バオブゥさんと行動するのは初めてかも。

ちなみに舎弟頭っていうのは、子分たちのリーダー？　よくわからんがそういう格付けがあるらしい。他のサラマンダー族や近縁種族のリザード族にも、同じ風習があるそうだ。

グラッドさんは既婚だが、バオブゥさんは独身のサラマンダー族。二人を見分けるコツは右腕に刻まれた三本の引っかき傷だ。昔、グラッドさんに挑んで付いた傷なのだとか。

歩いている途中、あることに気が付いた。グラッドさんとバオブゥさんの腕に、バンダナのようなものが巻かれている。

「あの、それは……？」

おずおずと指さして聞くと、グラッドさんが答える。

「これは、魔犬族のお嬢さんたちが編《あ》んでくれたバンダナです。キングシープの耐火繊維で編まれ、オレらの名前が刺繍《ししゅう》してあるっす。それと、地位も」

「あ、ほんとだ」

グラッドさんのバンダナには『サラマンダー族若頭・グラッド』という刺繍が入っている。腕に巻くことで名前がはっきりわかった。

バオブゥさんは感極まっていた。

「お嬢さんがたには感謝ですわ……オレらのために、こんな」

「そ、そうですか……」

たぶん、見分けるための目印だと思うけど……余計なことは言わなくていいや。

「師匠、そろそろ行きましょう!!」

フレキくんが元気に言った。

「うん。じゃあグラッドさん、バオブゥさん、よろしくお願いします」

「「へい、叔父貴《オジキ》!!」」

さて、人間と人狼、サラマンダーの薬草採取といきますか。

◇◇◇◇◇◇

森に入り、さっそく『探索《サーチ》』を使う。

目標は、春の七草。ええと、薬草の名前……シェリ、ニャズナ、ロクギョウ、ハコヘラ、カミノザ、ベルナ、スズクロ……よし、こい。

俺を中心に魔力の波が広がり、頭の中に対象となる薬草がヒットする。

「よーし。マップはそのままで……行こう、みんな!!」

「はいっ!!」

「「うっす!!」」

まず、サンプルとなる七草を俺が採取する。

どれも雑草にしか見えないが、これも立派な薬草だ。荒れた胃や疲れた腸に優しく吸収され、お腹に「お疲れ様、また頑張ってね」と言ってくれる。

「これが春の七草。この辺りにけっこう生えているみたいだから、手分けして採取しよう。バオブゥさんとフレキくんはあっち、俺とグラッドさんはこっちで」

「はい!!」

「うっす!! では若先生、よろしくお願いしやす!!」

「わ、わかせんせい……は、はいっ‼」

バオブゥさんの言葉にちょっと照れているフレキくんは、サンプルの七草を持って森の奥へ。あまり離れないように指示したけど、バオブゥさんがいるから大丈夫かな。

俺とグラッドさんも、七草の捜索を開始する。

「じゃあ、行きますか」

「へい、叔父貴《オジキ》」

ぶっちゃけ、サンプルの分があればウッドに増やしてもらえるけど、せっかく森に入ったんだから薬草採取を楽しみたい。

グラッドさんと一緒に、森を散策する。

「叔父貴《オジキ》、こいつは……」

「あ、それはカミノザです。七草の一つですよ」

「おお、ではこのキノコは？」

「キノコ？　うーん……ちょっとわからないですね。キノコはやめておきましょう」

「へい」

サラマンダー族のグラッドさんと薬草採取するなんて新鮮だ。

最初は怖かったけど、こうして話すとめっちゃいい人だ。俺を「叔父貴《オジキ》」って呼ぶのは未《いま》だに慣れないけどね。

それから、三時間ほど経過。

「師匠、ししょー!!　いっぱい採れましたよ!!」

「おお、さすがだね」

フレキくんとバオブゥさんは、たくさんの七草を採ってきてくれた。

バオブゥさんは器用に籠《かご》を七つ持ち、その中に別々の七草を入れている。俺とグラッドさんの分を合わせるとけっこうな量だ。

あとは帰って薬膳スープを作るだけ。さっそく持って帰ろう!!

「あと叔父貴《オジキ》、こいつも獲ったんですが……」

バオブゥさんは、首が切断されたニワトリを十羽ほど持っていた。

話を聞くと、小さいけど獰猛《どうもう》な肉食のニワトリらしく、フレキくんを背後から襲おうと狙っていたのだとか。それでバオブゥさんに首チョンパされたというわけだ。

「血抜きは済んでいます。そのまま食えますが……」

「あ、せっかくだからそれも料理に使いましょう。確か、この本に……」

『緑龍の知識書《ムルシエラゴ・グリモワール》』ではなく、ハイエルフのレシピ本を開く。そこには薬膳スープのアレンジスープのレシピとして、七草の鶏がらスープというのがある。

作り方は簡単、鶏がらスープに七草を入れるだけ。

本当は塩味にしようと思っていたんだけど、このニワトリは使えそうだ。

「じゃ、帰ってみんなで調理しましょうか!!」

いつも料理を作ってくれている銀猫《ぎんねこ》族たちには、ここ最近ずっと頑張ってもらっていたからな。

今回くらいは俺が頑張らないと!!

◇◇◇◇◇

さて、村の中央にやってきた。

グラッドさんとバオブゥさんに巨大な竈《かまど》を準備してもらい、エルダードワーフのラードバンさんの工房から巨大な鍋をいくつか持ってきた。

鍋に水を入れて竈にかけ沸騰《ふっとう》させ、手先が器用なグラッドさんが下処理したニワトリを放り込む。

本来なら一晩以上煮込んだほうがいいが、一時間もしないうちにスープの色が黄色くなってきた。

このニワトリすごいな。匂いもいいし、鶏がらスープはこれでいい。

あとは、七草を放り込んで完成。鍋をのぞき込むと、すっごく濃厚な鶏がらスープと、七草の香りが鼻を刺激する。

「おお……いい匂い」

「この肉食ニワトリは通常のニワトリと違い、出汁《だし》が出やすく肉もすぐ柔《やわ》らかくなります。生でもいけますが、調理するともっと美味《うま》いんですぜ」

「詳しいですねグラッドさん……」

見た目は血の滴《したた》る生肉を齧《かじ》るイメージなのに、意外にも料理通だった。

あとは味を確認してみよう。

「じゃ、俺が味見するよ」

そう言って、深皿にスープと七草をよそう。うん、色も綺麗だし、七草の香りもいい。

ではさっそく、スープと七草を一口。

「──おぉぉ、染み渡るぅぅ……うんまぃ」

濃厚な鶏がらスープ。薬草の味もするが、それもまたいい。

清涼感のある風味が、濃厚なスープにマッチしてる……うん、美味《おい》しい。

「美味い!! じゃあフレキくんたちも」

「は、はい!!」

「『ゴチになりやす!!』」

フレキくん、グラッドさん、バオブゥさんも七草スープを飲む。

「……お、美味しい!! なんだこれ、すっごい濃厚だけど飲みやすい!!」

「う、うめぇ……くぅぅ、染みるぜぇ」

「はぁ～……生き返る」

みんなほっこりしている。

すると、いつの間にか銀猫族やハイエルフたちが集まってきた。

銀猫族のオードリーが言う。

「ご主人様、料理でしたら私たちをお呼びいただければ……」

「いや、これは俺が作りたかったんだ。みんな!! これは七草っていう薬草を使って作った、新年会や結婚式で飲みすぎたり、食べすぎたりした身体に優しく吸収される、栄養満点のスープだ!!

飲み終わって手の空いた人は、働いている人たちに声をかけて、交代で飲んでくれ!!」

スープを配ると、みんなほっこりしながら飲んでいた。

銀猫たちも、少し恐縮していたが美味しそうに啜《すす》っている。

たまには、こんな炊《た》き出しみたいなのもいいだろう。

「師匠、今日はすっごく勉強になりました!! 今度里帰りしたら作ってみますね!!」

フレキくんも満足そうだ。今日の野外授業は大成功かな!!

第二章　シエラ様の一日

アシュトたちの住む緑龍《りょくりゅう》の村には、川が流れている。

以前はそこで洗濯をしていたが、今はその用途ではあまり使われていない。洗濯は川の水ではなく、風呂の残り湯ですることになっている。水を使うのは仕上げ洗いの時だけなので、わざわざ川に出向くことはなくなったのである。

最近では、ハイエルフのエルミナが川釣りをしたり、川の近くに建てられた東屋《あずまや》で龍人のローレライが読書をしたりする光景がよく見られた。

だが、今日は違った。

「～♪」

長いエメラルドグリーンの髪をなびかせ、川の中央にある大きな岩に腰掛ける女性。彼女は素足を水に沈めて鼻歌を口ずさんでいた。

彼女の名前は、シエラこと緑龍ムルシエラゴ。

シエラは、この世界の誰よりも強く、誰よりも自由だ。

世界を創りだした神話七龍の一体。『緑』を司《つかさど》る偉大な存在。神出鬼没のお姉さん。肩書きはいろいろある。

シエラは大きな伸びをして――呟《つぶや》いた。

「さぁ～て、アシュトくんのところに遊びに行こっ♪」

川の水から足を抜き、そのまま歩きだす……どういうわけか、彼女は水の上を歩いていた。

シエラが歩くたびに、流れる川に波紋《はもん》が浮かぶ。

ぴょんぴょんと川を渡り川岸に着地すると、地面から枝が伸び、シエラの足を包む……たちまち枝はサンダルになった。

シエラは、くるりと回る。

太陽がまぶしく、柔らかな風が吹き、緑の匂いが鼻孔《びこう》をくすぐる。

「ふふ、天気もいいし、少しお散歩してからにしようかしら？」

シエラは微笑をたたえながら歩きだした。

◇◇◇◇◇◇

シエラがのんびり歩いていると、釣り道具を持ったエルミナと出会った。住人のミュディとシェリーもいる。

ミュディは、シエラに向かって頭を下げる。

「こんにちは、シエラ様」

「やっほ～♪　みんな、釣りに行くのかな？」

「ええ。最近、川釣りにハマっちゃってね。ミュディとシェリーもやってみたいって言うから、私が教えてあげるのよ!!」

元気に答えるエルミナに対し、シェリーが横から言う。

「いや嘘。エルミナが一人じゃつまんないって言うから、あたしとミュディが付き合ってあげてるんです」

「別にどっちでもいいでしょ!!」

シエラはクスクス笑い、ミュディに手を差し出した。

「ふふ、お姉さんがおやつあげちゃう。はいこれ」

「わわっ」

シエラの手に、蔦《つた》で編んだバスケットが現れた。

中には様々な果物が入っている。ご丁寧に、ナイフまで入っていた。

手先が器用なミュディなら、綺麗にカットできるだろう。

「わぁ、シエラ様、ありがとうございます」

「ふふ♪　みんな、仲良くね〜」

「えー？　シエラも行きましょうよー」

くいくい、とシエラの手を引っ張るエルミナ。

「ごめんね。お姉さん、アシュトくんのところに行くのよ〜」

「そうなんですか……あ、シエラ様。お兄ちゃんなら薬院で読書していましたよ」

「ありがと、シェリーちゃん♪」

エルミナたちは、楽しそうに川釣りへ向かった。

シエラは、三人の背中を見守る。

「ふふ……仲良しっていいわねぇ」

再び歩きだし、図書館の前へ。

正面の扉が開き、中からローレライと、その妹のクララベルが出てきた。

ローレライは眉を吊り上げ、クララベルはしょんぼりしている。

何かあったのかな？　とシエラが首を傾げると、クララベルと目が合った。

「あ、シエラ様‼　シエラ様、助けてぇ〜……」

「こら、クララベル。シエラ様に頼んでも駄目よ」

「うぅぅ」

「あらあら～？　ローレライちゃん、どうしたのかしら？」

ローレライは頭を押さえ、ため息を吐《つ》いた。

「実は……この子ってば、勉強から逃げ出そうとして、本棚に躓《つまず》いちゃったんです。それで大量の本が津波のように崩《くず》れて、中が滅茶苦茶に」

「うぅぅ……姉さま、ごめんなさい」

「まったく。この件はお母様に報告しますからね」

「えぇぇ～っ⁉」

「あらあら～」

絶望するクララベルと、厳しい表情のローレライ。

優しいだけではない、叱るべき時はきちんと叱るのがローレライだ。

ここにアシュトがいたら、きっとクララベルを甘やかすだろう。

クララベルのためを思い、シエラも余計なことを言わない。

「クララベルちゃん、中に戻ってちゃ～んとお片付けしようね？　そうすればローレライちゃんも許してくれるわ」

「……ほんと？」

「ええ。そのあとは、美味しいおやつが待ってるわよ？」

「ほんと⁉」

「……シエラ様」

「ふふ♪　これくらいならいいでしょ？」

ローレライは目を輝かせるクララベルを見てため息を吐いたが、否定はしなかった。

やっぱり、可愛い妹には甘い。

ローレライはクララベルを連れて、再び図書館へ。

片付けをしたあとは、姉妹仲良くおやつの時間だろう。

「うふふ。家族っていいわねぇ～♪」

シエラにとって、この世界や大地全てが家族のようなものだ。

彼女は、のんびり歩きだす。向かうのはアシュトのいる薬院。

途中、神樹ユグドラシルの元へ立ち寄った。

そこにいたのは、アシュトのことが大好きな植物たち。

「まんどれーいく」

「あるらうねー」

『くぅーん』

『ムムム……エイッ‼』

薬草幼女のマンドレイクとアルラウネ、ウッドとフェンリルのシロは、しゃがみこんで何かをやっていた。

シエラはこっそり近付き、何をしているのかと覗き込む。

彼女たちは地面に円を描いて、ドングリを並べて弾《はじ》き合っていた。どうやら、ドングリをぶつけ、円の外に押し出す遊びらしい。

ウッドの弾いたドングリが、マンドレイクのドングリを円の外に出した。

「まんどれーいく!?」

『ヤッタ!! ウッド、カッタ!!』

『わんわんっ』

だがそこに、シロが前足で弾いたドングリにより、ウッドのものも飛ばされる。さらに、勢いが強すぎたのか、シロのドングリも円の外へ。

「あるらうねー!!」

「……まんどれーいく」

『ウウ、マケター……』

『くぅうん』

今回の勝負はアルラウネの勝利。そして、すぐに二回戦が始まった。

そこに、ユグドラシルからハイピクシーのフィルハモニカとベルメリーアが降りてきた。

『あ、楽しそう!! わたしも交ぜてー!!』

『わたしもやりたーい』

ハイピクシーの二人も交ざり、『ドングリ弾き』はさらに熱中した。

邪魔しては悪いと思い、シエラはその場をあとにした。

今日も、緑龍の村は平和だ。

住人たちには笑顔があふれ、全員が生き生きとしている。

シエラはそれが嬉しく、この村を作ったアシュトに感謝した。

そして——薬院に到着。

こっそり侵入し、読書に没頭するアシュトに近付き……そっと、耳に息を吹きかけた。

「うぉぉぉぉっ⁉」

「ばぁ～♪　お姉さん登場～♪」

「し、シエラ様⁉　もう、毎度毎度、驚かせないでくださいよ‼」

アシュトは顔を赤くして抗議。だが、シエラは笑みを浮かべて言った。

「アシュトくん、お姉さんと遊ぼっか♪」

こうして緑龍の村の日々は穏《おだ》やかに過ぎていく……

第三章　アセナちゃんの変身事情

「あれ、アセナちゃん？」

ある日、一人で村の中を散歩していると、キョロキョロしながら歩くワーウルフ族のアセナちゃんと遭遇した。彼女はフレキくんの妹だ。

アセナちゃんは、村の外れに向かい、村と森の境界線になっている柵《さく》を乗り越えてしまった。おいおい、さすがにこれは不味《まず》いぞ。一人で森に行ったら何があるかわからない。

俺は迷わずあとを追いかける。

幸い、すぐ近くにアセナちゃんはいた。

「アセナちゃん!!」

「ひゃっ!!　あ……」

「こら、一人で外に出ちゃ危ないぞ」

「あうう……」

アセナちゃんはシュンとしてしまった。でも、注意する時は厳しくしないとね。

もう怒っていないことを伝えるため、俺はアセナちゃんの頭をなでなでする。フレキくんが里帰りしている間はけっこう、こういう風にスキンシップを取っていたから抵抗はされない。

「どうして一人で外へ？　出かける時は最低三人以上ってルールがあるのは知ってるでしょ？」

「うぅぅ……ごめんなさい」

一応、住人のルールだ。もちろん例外もあるが。

外には危険な魔獣も多いし、一人で出かけることは避けるべきだ。まぁ、住人たちはみんな強いから、魔獣の一匹くらいなら問題ない場合が多いけど。

さて、今はアセナちゃんだ。

彼女はおずおずと話しだした。

「あの、実は……変身の練習をしようと思って」

「変身って、人狼への？」

「はい……村にいると、ミュアやライラに見つかってしまいますから。この村に来てけっこう経ちますけど、未だに耳と尻尾《しっぽ》しか変身できないので……」

「あー……なるほど」

アセナちゃんはワーウルフ族だが、完全な人狼に変身できない。

一応耳と尻尾だけ変身できるものの、それだとぶっちゃけ獣人《じゅうじん》と変わらない。まぁ、それはそれで可愛いんだけど、本人はそれじゃダメだと思っている。まぁ、当然だよな。

アセナちゃんは、フレキくんと二人暮らしだ。

掃除や洗濯、食事の支度などは、全てアセナちゃんが一人でやっている。一度だけ仕事ぶりを見るために銀猫を派遣したが、家事はまったく問題ないようだ。

家事が終わると、銀猫少女のミュアちゃんと魔犬族のライラちゃんが遊びに来る。

そこでは獣人の二人に合わせ、オオカミ耳と尻尾を出すようだが、やはり完全な変身をしたいらしい。フレキくん曰《いわ》く、耳と尻尾だけの変身なんて器用なマネ、逆にワーウルフ族の村では誰もできないそうなんだけど。

「私、やっぱり人狼になりたいです。ミュアやライラは『わたしたちとお揃い』って言ってくれるんですけどね……」

「そっか。それで、森で訓練を？」

「はい。練習しているところは見られたくないですし……それに、いい場所も見つけたので」

「そうなのか……でも、一人で森に入るのはダメだよ？　フレキくんは知ってるの？」

「………………」

あちゃー、こりゃ知らないっぽいな。

アセナちゃんの気持ちもわかるけど、見た以上は言わせてもらう。

「とにかく、一人で森に入るのはダメ。いいね？」

「はうぅ……じゃ、じゃあ!!　村長が一緒に来てください!!　お願いします!!」

「え？」

「その、もう少し、もう少しで……なにか掴《つか》めそうなんです」

「……うーん」

「お願いします!!」

こんなに必死なアセナちゃん、初めてだ。

冬の間は俺の家で預かっていたから、話す機会はいくらでもあった。というか毎日顔を合わせていたし、かなり打ち解けていると思う。

この子、頑張り屋なんだよなぁ……やれやれ、仕方ない。

「わかった。じゃあ、今度から森に入る時は俺に声をかけること。いいね？」

「はいっ!!　ありがとうございます!!」

ひたむきに努力するアセナちゃんの頼み、断れないな。

◇◇◇◇◇◇

「ここです」

「へぇ～、こんな場所が」

「えへへ、秘密基地です」

アセナちゃんに案内されて来たのは、村から五分ほど歩いた場所にある大木の根元だった。

「この上で練習しています」

「この上って……樹の上？」

「はい!!」

大きな樹には蔦が伸びており、アセナちゃんはそれを掴むとスルスルと上に登ってしまった……って、マジ？　俺も登るのか？

いや、登るしかない。高さは八メートルくらいだしね。

……いやいや、普通に高いわ……ちょっと怖い。

「うっし!!」

弱気をかけ声で振り払い、登っていく。

蔦は掴みやすく、木の幹にも足をかけるところがあったので、俺の力でも登ることができた。それに樹の上には、枝と枝に床板がかかっており、足場がある。しかもけっこう広い。

「ドワーフさんから使わない床板をもらって敷いたんです」

「ほぉ……すごいね、アセナちゃん」

「えへへ。秘密基地なので内緒にしてくださいね」

「わかった」

「では、始めます……」

俺は端に移動し、アセナちゃんを見守る。

アセナちゃんはオオカミ耳と尻尾を出した……うん、やっぱり可愛い。

ミュアちゃんよりも大きい耳に、ライラちゃんよりモフモフした尻尾。特にあのモフモフ尻尾はヤバい。冬の間、アセナちゃんが泊まりに来ていた時、シェリーがベッドに引き込んでモフりまくってたからな。

「があううう〜〜〜っ‼」

おお、アセナちゃんがプルプルしている……どうやらさらに変身しようと力を込めているみたいだ。

でも、まったく変化がない。顔が真っ赤になったくらいだ。

「ぷぁぁ……うぅ、駄目です」

「……あのさ、変身ってどうやるの？」

「え？」

「いや、ちょっと気になって」

「ええと、兄さんは『眠い時に寝る、お腹が減ったら食べる、おしっこしたくなったらする、変身したいなら変身する、つまりそういうこと』って言ってました」

「フレキくん……」

もっとちゃんと教えてあげなよ……まぁ、実際そういうことなのか。

つまり生理的欲求と同じだ。腹が減ったらメシを食うというくらい、当たり前のこと。その当たり前が、アセナちゃんはできない。

しばらく考え、俺は口を開いた。

「アセナちゃん、ちょっとやり方を変えてみる？」

「え？」

「そうだな。耳と尻尾をしまって、こっちに来て」

「は、はい」

その場に座り、アセナちゃんも俺の隣に座らせる。

そして、よしよしと頭を撫でた。

「あ、あの？」

「いいから、ほら、クッキー食べる？」

懐《ふところ》にあったクッキーの袋を差し出す。

「い、いただきます……あむ」

「美味しい？」

「はい。これ、すっごくおいしいです」

「でしょ？　ミュディが作ったフェアリーシロップのクッキーなんだ。試作品でまだ誰も食べてないんだって」

「へぇ〜……あむ。おいしい!!」

「よかった。いっぱいあるから食べていいよ」

「はい!!」

「よしよし。アセナちゃんは可愛いねぇ。よしよし」

「えへへ……気持ちいいです」

「ふふ、じゃあちょっと変身してくれる？　耳を触りたいんだ」

「はい。あむ……どうぞ」

「うん、ありがとう」

アセナちゃんは、完璧な人狼に変身した。

「へ？」

「ほら、できた」

「……うそ」

アセナちゃんはわなわなと自分の手足を確認した。どこからどう見ても人狼だ。

ふさふさの毛に覆《おお》われた身体、オオカミ耳と尻尾、顔もオオカミになっている。

五指からは鋭《するど》い爪が生えている。以前見たフレキくんの変身姿と同じ、完全な人狼形態だ。

「な、なんで……」

「たぶん、アセナちゃんは『人狼になりたい!!』って思いが強すぎたんだよ。『寝たい!!』って思ってもなかなか寝られないでしょ？　眠いなら目を閉じるだけでいい。つまり、気負《きお》わないで自然にすることが一番だったんだよ」

「わ、私、いつも変身する時は力を込めて……」

「きっと、それがよくなかったんだ。リラックスリラックス、息を吸って吐くように、だよ」

「がぅぅ……そんちょぉぉ〜」

「おっと、よしよし」

アセナちゃんは感極まったのか、俺に抱きついてワンワン泣いてしまった。

もっふもふの尻尾を触り、ふわふわのオオカミ耳をこれでもかと堪能《たんのう》させていただきます……うん、やわっこい。

「アセナちゃん、人間に戻ってごらん」

「がぅぅ……」

「ほら、戻れた。変身は？」

「がぅぅぅ……ぅぅ」

今度は耳と尻尾しか変身できなかった。どうやらまだ完全に変身を会得《えとく》したわけではないらしい。

「う〜ん、まだ練習が必要だね」

「はい。でも……変身できるってわかりました!!　もっと頑張ります!!」

「うん。頑張ろう」

でも、いつかきっと、自由に変身できるようになるだろう。

第四章　シェリーの訓練

「お兄ちゃん、訓練に付き合って」

ある日、薬院に来た妹のシェリーがそんなことを言った。

いつも薬院にはフレキくんもいるが、今日はお休み。アセナちゃんと一緒に変身の練習をしに行っている。

なお、以前アセナちゃんが俺の前で変身したことはフレキくんには話していない。秘密にしてほしいとアセナちゃんに言われたからだ。お兄ちゃんを驚かせたい気持ちがあるんだろうね。

さて、シェリーの話に戻ろう。

「訓練？　なんの訓練だ？」

「決まってるじゃん。魔法の訓練だよ。あたし、鈍《なま》らないように鍛錬は続けてるの。リュウ兄がいた時は付き合ってくれたんだけど、今はいないし。やっぱり誰かと一緒に訓練したほうが効率いいのよ」

「魔法の訓練ねぇ……どんなのだ？」

「リュウ兄がいた頃は実戦形式の訓練とか、新技の開発とかしてたなぁ」

「新技……氷の？」

「もちろん」

そういえば、シェリーってビッグバロッグ王国じゃ超エリート魔法師だったな。才能だけなら
リュドガ兄さん以上で、王国精鋭魔法部隊の首席隊長を務めていたとか。

可愛い妹の頼みだ。断るわけにはいかんだろう。

「わかった、いいぞ」

「やった!!　ありがとー!!」

さて、やってきたのは川の近くにある広場。龍騎士の宿舎とドラゴンの厩舎《きゅうしゃ》がある辺りで、龍騎
士たちが剣の訓練をしているのが見える。

俺とシェリーが近付くと、騎士たちは訓練を中断してビシッと敬礼した。

邪魔しちゃ悪いので、挨拶を返しつつ広場の隅《すみ》っこへ。

「で、どうするんだ？　木剣なら龍騎士たちから借りられそうだけど、組み手でもするのか？」

「あのね、リュウ兄みたいな魔法剣士ならともかく、あたしは後方支援がメインなの。それに普通、
魔法師は武器なんて使わないし」

「ふーん」

「ふーん……って、お兄ちゃんも授業で習ったでしょ？」

「必要ない知識だから忘れた」

「まったく……」

俺の知識は薬草や農耕、製薬に特化しているからな。戦いはしません!!

さて、俺は何をすればいいんだろう。

「お兄ちゃんには『的《まと》』を出してほしいの。動く的とか、大きな的とか。あたしがそれを打ち落とすわ」

「わかった。的ね……」

「魔法の光玉とかでいいよ」

「ああ」

魔力を固めて球体にするのは難しくない。魔法を覚えたての子供でもできる。

今の俺なら、いくらでも球を生み出せるが……

「せっかくだし、シェリーが苦戦するくらいの的を出してやるよ」

「え？」

さて、ここで出したるは『緑龍の知識書《ムルシエラゴ・グリモワール》』だ。

シェリーの訓練にピッタリの魔法を思い浮かべながら、ぺらっと本をめくる。

＊＊＊＊＊＊＊＊＊＊＊＊＊＊＊＊＊＊＊＊＊＊＊＊＊

『植物魔法・応用』
○ふわふわ綿毛兵士《ふわふわソルジャー》

ふわふわの綿毛は宙を舞い、地面に落ちると戦う兵士に!!

そんなに強くないから訓練相手にピッタリかもね♪
＊＊＊＊＊＊＊＊＊＊＊＊＊＊＊＊＊＊＊＊＊＊＊＊＊＊＊

うーん、ふわふわって可愛い表現だ。よくわからんが、これでいいのかな？

「シェリー、的があればいいんだよな」

「うん。なんかいい魔法があったの？」

「ああ。面白そうなのがな。お前さえよければ使うけど」

「いいわね、じゃんじゃんやって!!」

「わかった」

俺は杖を抜き、呪文を詠唱する。

「ふわふわワタッコ宙を舞い、地面に落ちてさぁ実れ!!　『ふわふわ綿毛兵士《ふわふわソルジャー》』!!」

なんだこの呪文……

すると、俺の杖の先から種が一粒ポロっと落ちた。種は地面に埋まって芽を出し、ニョキニョキと成長する。

「……なんだこれ」

「お兄ちゃん、また変なの出した……」

「い、いや、これでいいはず」

不思議な植物だった。細い一本の茎に、花ではなくふわふわした綿のようなものがいっぱい付いている。

それを怪訝《けげん》に思っていると……

「おわっ⁉」

「うきゃっ⁉　な、なにこれ？」

綿がポンっと破裂し、丸い綿毛がふわふわ舞う。

それは不規則に動き、まるで意志を持っているように見えた。

「そうか、これが的か‼　シェリー、訓練開始だ‼」

「よぉーし‼」

シェリーは杖を構え、杖先から氷の礫《つぶて》を発射して綿毛を打ち落とす。

最初こそ順調だったが、いくつかの綿毛がふわ～っと揺らいで礫を躱《かわ》し始めた。

「このっ、動くなっ‼」

「がんばれよー」

俺は綿毛の本体の近くに座って眺める。

シェリーの魔法を久しぶりに見たけど、やっぱり魔力のコントロールが上手い。才能だけじゃなく、努力も重ねた魔法だ。

「ん？　あ、シェリー、後ろ‼」

「やっば‼　あぁっ……」

残念、打ち漏らした綿毛の一つが地面に落下……え？

「お、おいシェリー‼」

「え？」

地面に落ちた綿毛が根を出し、地面の養分を吸って成長した。

そして身長一メートルちょいの、根っこの怪物になった‼

『キッキーッ‼』

「うわキッモ⁉　お兄ちゃん、なにこれ⁉」

「えーっと……『緑龍の知識書《ムルシエラゴ・グリモワール》』によると、綿毛が地面に落ちると大地の養分を吸って成長して
『ふわふわソルジャー』になるみたいだ。でも、強さは大したことないってさ」

「えぇぇっ⁉　うわっひゃ⁉」

『キッキーッ‼』

根っこの怪物ことふわふわソルジャーは、シェリーに向かって突進する。だがシェリーはジャンプして回避した。さすが、魔法師とはいえ体術もなかなかだ。

「シェリー、綿毛を打ち落とさないと、ふわふわソルジャーはどんどん増えるぞ‼」

「こんのっ、ああもうっ‼　でも、いい、かも、ねっ‼」

シェリーは綿毛を打ち落としながら、落下して成長したふわふわソルジャーも氷漬けにしていく。

上を見れば綿毛が舞い、下を見ればふわふわソルジャーがシェリーを襲う。

同時の対処はなかなか大変なようだが、シェリーは汗を掻きながらなんとか処理していった。

「お、終わりか」

やがて綿毛が全て飛び、茎だけになった。これ、訓練にはいいかも。

シェリーは汗だくで地面に寝転がる。

「ぶっは、つかれ、たぁ……、まりょ、く、きれ、たぁ……」

「お疲れ、どうだった？」

「ふぁ～……うん、いい訓練になったわ。もう汗だくよ」

「ははは。じゃあ、風呂でも入るか」

「そうね。汗流したいわー」

シェリーを立たせ、土汚れをポンポンと払う。

と、いつの間にか近くに龍騎士たちがやってきていた。

龍騎士の部隊長が前に出て話しかけてくる。

「アシュト様、今のは……？」

「え、ああ。訓練用の植物です。シェリーの相手にちょうどいいかなって」

「おお!!　よろしければ、ぜひ龍騎士団にもお貸しいただきたい!!」

「は、はぁ。いいですよ」

龍騎士団の部隊長は敬礼し、他の団員もそれに倣《なら》った。

とりあえずいくつか出して、俺とシェリーは風呂へ向かう。

あとで聞いた話だが、このふわふわソルジャーは龍騎士たちのいい訓練相手になったとか。

第五章　兄と妹

緑龍の村で働く文官ディアーナは、執務室で書類の整理をしていた。

「ふぅ……」

誰もいない執務室で、小さくため息を吐く。あまりの仕事量にやや気疲れしてしまったのだ。

緑龍の村は様々な種族と取引をしている。ハイエルフとはブドウ、マーメイド族とは魚、エルダードワーフとは鉱石、魔界都市ベルゼブブとは食料品や趣向品など。最初の頃に比べると取引相手も品目も格段に増えた。彼女はそれら全てを管理しているのだった。

さらに、緑龍の村で作られたものをそれぞれの種族たちに卸《おろ》し、代金をベルゼブブの通貨である『ベルゼ通貨』に両替し、住民たちに配る。その仕事も、ディアーナ率いる悪魔族《デヴィル》の文官たちが取り仕切っていた。なお、これは余談だが、ディアーナ自身はデヴィル族の近縁種にして希少種族の闇悪魔族《ディアボロス》である。

彼女の上司は村長のアシュトだが、彼は薬師としての仕事がメインで、あまり村の財務には関わらない。もちろん、アシュトがディアーナを信頼しており、そういった方面のことは全て任せているからではあるが。

ディアーナは、山積みになった書類をチラリと眺め、冷めたカーフィーを飲む。

「……少し、仕事が多すぎるわね。ベルゼブブから追加の文官を派遣してもらおうかしら。それに、この管理小屋も手狭になってきた……そろそろ、拡張工事をしないと」

仕事は山積みだ。それこそ、休みはほとんどない。

だが、そのことをアシュトに言うと間違いなく余計な気を回させてしまうので、仕事量については報告していない。アシュトはアシュトらしく、薬院で薬の研究や、フレキの指導をしてほしいというのが、ディアーナの望みでもあった。

ディアーナは立ち上がり、大きく伸びをする。

「ん～～～……」

「入るよ、ディアーナ」

「えっ⁉」

その時突然、自分の兄でありベルゼブブの市長でもあるルシファーが、ノックもせずにドアを開けた。おかげで、思いきり油断しているところを見られてしまった。

ディアーナは伸ばした両手を下ろし、赤面しつつ言う。

「に、兄さん⁉　もう、ノックくらいしてください‼」

「あはは、ごめんごめん」

「もう……ところで、何か御用ですか?」

ディアーナは座り直して、キリッとした表情を作った。

ルシファーは、執務室にあったソファに腰掛ける。

「いや別に。ちょっとアシュトのところでお茶をしていてね。帰るついでに可愛い妹の様子を見に来ただけさ」

「……お出口はあちらです」

「ちょ、冷たいな。お茶くらい出してよ」

「村長の家で飲んだと言ったじゃないですか。というか、兄さんは魔界都市ベルゼブブの市長なのですから、このような場所で油を売っている暇などないはずですよ？　仕事に戻ってください」

「大丈夫。今日の仕事はもう終わっているからさ」

ルシファーがにっこり笑って言った。

ディアーナは小さくため息を吐いた。

ルシファーが『仕事は終わった』というなら、間違いなく終わったのだろう。日頃より優秀と称される妹から見ても、この兄はあり得ないくらい優秀だ。

魔界都市ベルゼブブ発展の功労者はルシファーではなくディアーナ。ベルゼブブ市民からは一般的にそう認知されている。

だが、ルシファーがベルゼブブのために何をしてきたかを間近で見ていたディアーナは、彼がどれだけ有能なのかを知っていた。

普段は飄々《ひょうひょう》とした軽薄な男に見える。だが……その実は誰よりも思慮深く、常に百手、千手先を読んでいる。おそらく兄の頭の中では、数千年先までのスケジュールが組まれてある。

こうして執務室のソファに座り、優雅に寛《くつろ》ぐのも計算のうち……ディアーナにはそう思えてならない。

そんな優秀な兄を尊敬している……とは、絶対に言えない。

「ねぇディアーナ。ここでの仕事もいいけど、たまには家に帰ってきなよ」

「兄さんがそんなことを言うなんて珍しいですね。私をここに派遣したのは兄さんですよ？　こんなにやりがいのある仕事を前に、私が休むと思いますか？」

「だよね。ディアーナ、きみの悪いところは、その余裕のなさだよ。ディアボロス族の寿命は長いけど、一度きりしかないんだ。仕事もいいけど、人生を楽しまないとね」

「……兄さんは楽しいんですか？」

「当たり前じゃないか」

ルシファーにとって、ベルゼブブを大都市に発展させたのも単なる『楽しいこと』の範疇《はんちゅう》なのだろう。確かに、ディアーナと違って余裕がある。

ディアーナはしばらく言葉を探し、何を言っても兄の前では無駄だと思い仕方なく首肯《しゅこう》する。

「はぁ……仕事を調整して、家に帰れるようにします」

「うんうん。じゃあ、ボクも手伝おうか」

「ええ……って、兄さん？」

「そこの書類、貸してごらん。必要な計算は全部ボクがやるよ」

「え、でも」

「いいから、ほら」

ルシファーは、ハイエルフが日ごとに収穫したブドウの数が記録されている書類の束《たば》を掴んで一枚目を確認し、パラパラと高速でめくっていく。

そして、瞬時にブドウの合計数を記入した。

「さ、どんどん書類を渡してくれ」

「まさか、今の一瞬で計算を？」

「うん。暗算は得意なんだ。知ってるでしょ？」

「……相変わらず、バケモノじみた処理能力ですね」

「ひどいな。バケモノはないんじゃない？」

ルシファーは苦笑した。

ディアボロス族最高の頭脳を持つルシファーの計算能力は、ディアーナが誰よりも知っている。

計算ミスなど天地がひっくり返ってもあり得ない。

彼女は別の書類を渡そうと思い……手を止めた。

「ディアーナ？」

「仕事を手伝う前に、お茶でも飲みましょうか。ちょうど休憩の時間ですので」

「お、いいね。ふふ、余裕が出てきたじゃないか」

「余裕ではありません。予定のうちです」

ディアーナは眼鏡をクイッと持ち上げ、兄のために甘いカーフィーを淹《い》れ始めた。

第六章　ドラゴンの水浴び

ある晴れた日の朝。

ずっとお喋りしてていつの間にか寝てしまい、俺の寝室で朝を迎えたクララベルが、思いついたように言った。

「お兄ちゃんお兄ちゃん、わたし、久しぶりに水浴びしたい!!」

「水浴び……風呂か？」

「違うー。お風呂は気持ちいいけど、ドラゴンの姿で入れないから、大きな湖で思いっきり泳ぎたいの!!」

「つまり、ドラゴン形態で泳ぎたいのか？」

「うん!!　前は姉さまも一緒に泳いでたんだけど、最近はちっとも泳いでない……」

「なるほどな」

そういえば、ローレライとクララベルのドラゴン形態、最近まったく見ていない。

村に来た頃は見せてくれたけど、今は基本的に人間態のままだ。まぁ変身する理由がないからだろうけどね。

「ドラゴンの姿で水浴びするの、気持ちいいのか？」

「うん!!　湖に飛び込んでぶくぶく～って潜《もぐ》るの。そのあとは姉さまと日光浴しながら岩場でお昼寝して、おなかが減ったら果物を食べるんだ」

「へぇ～……なんか、気持ちよさそうだな」

「お兄ちゃん、湖で泳ごう!!」

「お、俺も？」

「うん!!　おねがい、一緒に行こ？」

「はは、わかったわかった。ローレライも連れて一緒に行こうか」

「やった!!　ありがとうお兄ちゃん、大好き!!」

「おっと、よしよし」

俺は飛びついてきたクララベルを抱き締め、頭を撫でる。

可愛いやつめ。このこの、撫でまくってやる。

「んん～……きもちいい」

さて、泳ぐのもいいけどそろそろ朝ごはんだ。まずは服を着てダイニングに行こう。

◇◇◇◇◇◇

と言うわけで、朝食後にローレライを誘ってみる。

ローレライは少し考え込んだあとに頷いた。

「そうね。たまには変身して空を飛ぶのもいいかもしれないわ。でも、念のため護衛にランスローとゴーヴァンを連れていくわね」

「えー、お兄ちゃんと姉さまとわたしの三人で行きたい」

「ダメ。いい？　私たちはドラゴンだけどまだ幼体なの。空を飛んだりブレスを吐いたりできるけど、ドラゴンとしてはまだまだ未熟よ。龍騎士の乗るドラゴンよりも弱いのだから」

「はーい……」

ローレライとクララベルは、ドラゴンとしては若手も若手だ。生まれて二十年ほどしか経過していない。

生後五十年後くらいから、ドラゴンの特性が出始める。皮膚が強靭《きょうじん》になり、毒への耐性が付いてブレスも強力になるのだとか。

「ミュディたちは……また今度誘うか」

「次回はみんなを連れてピクニックなんていいかもしれないわね」

「あ、わたしの背中にみんな乗せていくのもいいかも!!」

「あら、私の背中も空いてるわよ？　それとも、アシュトだけ乗せちゃおうかしら？」

「あ、姉さまずるい!!」

楽しそうにじゃれ合う二人。

この二人、本当に仲良しだなぁ。ローレライはここに来て明るくなったし、クララベルもいっぱい友達ができて嬉しそうだ。クララベルなんかは、結婚してもほとんど変わらない。俺を「お兄ちゃん」って呼ぶし、毎日子供たちと遊んでいる。

「じゃあ、シルメリアさんに弁当を作ってもらうか。出発は明日にして、ランスローとゴーヴァンに声をかけておくよ」

「ええ、お願いね」

明日の予定は、ローレライとクララベルの水浴びだ。

◇◇◇◇◇

翌日。シルメリアさんにお弁当を作ってもらい、俺とローレライとクララベル、龍騎士団の両団長ランスローとゴーヴァンの準備ができた。

向かうのは、アスレチックガーデンのある大きな湖。あそこは開拓したし、魔獣の気配も少ないから安全だ。

「じゃ、お兄ちゃんはわたしの背中ね!!」

「ああ、よろしく」

「クララベル、変身するわよ」

「はーい!!」

ローレライとクララベルが変身を始めた。

グゴゴゴゴと擬音が聞こえてきそうな迫力だ。服を巻き込むように変身するのか、皮膚と一体化していく。

あっという間にローレライは美しいクリーム色の翼龍《よくりゅう》に、クララベルは純白の翼龍になった。

大きさはそれほどでもない。二人の姿はとても似ていて、色以外の違いと言えば、翼の形くらいか。ローレライはコウモリみたいなツルツルした翼、クララベルは鳥みたいな羽の生えた翼だ。

「美しい……」

「ああ、ドラゴンロードの至宝と呼ばれた王家の姉妹……」

なんかランスローとゴーヴァンが感動している。確かに二人とも美しいドラゴンだ。

『お兄ちゃん、乗って乗って』

「あ、ああ」

見た目は変わったがちゃんとクララベルの声だった。

俺はクララベルの尻尾から背中によじ登る。

……掴むところがないんだけど。

ビッグバロッグ王国に帰った時に乗ったドラゴンには専用の椅子みたいなのが括《くく》り付けられていたけど、当たり前だがクララベルにそんなのは付いていない。

『お兄ちゃん、いくよ』

「お、おお。ゆっくり頼むぞ」

『うん‼　落ちないでね‼』

「……うん」

やばい、怖くなってきた。

俺はクララベルの背中に這《は》いつくばる。

『アシュト、落ちても私が助けるから』

「頼りにしてますよ、ローレライさん……」

なぜか敬語の俺。

クララベルは翼を広げ、ゆっくりと上昇した。

そのあとにローレライと、自分のドラゴンに乗ったランスローとゴーヴァンが続く。

『じゃあ行くよ、お兄ちゃん!!』

「あ、あんまり飛ばすなよ……？」

『うん!!』

二秒後、俺はさっそく裏切られた。

◇◇◇◇◇◇

『あ、見えたー!!』

「おぇっぷぁ……ぞ、ぞうが」

『お兄ちゃんだいじょぶ？』

「おま、ゆっくりって言っただろ……」

クララベルのやつ、案の定飛ばしやがった。

しかも、空中で錐《きり》もみ回転とかしやがって……マジで落ちそうになった。

なんとか掴んでいられたのは奇跡だと思う。

『わぁ……見てお兄ちゃん、湖、キラキラして綺麗……』

「ん……ああ、確かに」

湖は、上空から見るとけっこうな大きさだった。

俺が作ったアスレチックガーデンに、バーベキュー用の施設や休憩小屋、湖に向かって桟橋《さんばし》が架かり、数人のエルダードワーフやサラマンダーが釣りを楽しんでいる。

『うぅぅ～……久しぶり、もうガマンできないっ!!』

「えっ？」

『いやっほぉぉぉぉ～～～っ!!』

「ちょ」

次の瞬間、クララベルは湖に向かってダイブした。

俺は声を出すこともできず、とんでもない高さから湖に落下……

『あ、アシュト!?』

「「アシュト様っ!?」」

ローレライとランスローとゴーヴァンの声が聞こえた気がした……がくり。

◇◇◇◇◇◇

「う……うぅ」

「アシュト様!?」

「アシュト様!!」

「しっかりなされよ、アシュト様!!」

「あれ……ランスローとゴーヴァン?」

「おお、よかった……」

目を覚ますと、二人のイケメン騎士が俺をのぞき込んでいた。濡れていることから、湖にダイブした俺を助けてくれたのはこの二人らしい。どうやらここは、湖の真ん中あたりにある小さな浮島みたいだ。

起き上がると、怒り心頭のローレライが、縮こまるクララベルにガチ説教をしていた。

「クララベル、もう少しでアシュトが死ぬところだったわ。あんな高さから湖に落ちて……ドラゴンのあなたはともかく、貧弱なアシュトの身体じゃ、水面に叩き付けられてバラバラになったかもしれないのよ!!」

「うぅぅ」

おいローレライ、貧弱ってなんだ貧弱って。

とはいえ、あながち間違いでもないからなんとも言えない……くそ、筋トレしようかな。

「ローレライ、もう大丈夫だ……クララベルを叱らないでやってくれ」

「アシュト……大丈夫なの？」

「ああ。驚いたけど大丈夫。けっこう気持ちよかったかも」

「お兄ちゃぁぁぁんっ!! ごめんなざいぃぃぃぃぃ～～～っ!!」

「おっと……大丈夫大丈夫。よしよし」

クララベルを撫でてやると、頭を胸にグリグリ押しつけてくる。

ローレライはため息を吐き、ランスローとゴーヴァンはススス－ッと離れていく。

「ほら、せっかくだし水浴びしろよ。よーし、俺も泳いじゃおうかな」

姉妹がケンカしたままじゃダメだ。

それに、せっかく湖に来たのに、水浴びしないなんてもったいないよな。

俺は濡れた服を脱いでパンツ一枚になると、湖に向かって歩きだす。

「うおっ、けっこう冷たいな。でも……なんとかいける」

「アシュト……」

「お兄ちゃん……」

「ほら、二人ともドラゴンになれよ。一緒に泳ごう!!」

そう言ってザブッと飛び込む。海で泳ぎは習ったから泳げるぞ。

「ふぅ……クララベル、行くわよ」

「……うんっ!!」

姉妹は、再びドラゴンへ変身して、俺の近くで水浴びを始める。

クララベルやローレライの背に登ったり、ランスローとゴーヴァンの乗っていたドラゴンたちも水浴びさせたりして遊び、お昼はみんなでシルメリアさんのお弁当。午後は日光浴しながら昼寝を楽しんだ。

ドラゴン姉妹との休日は、ちょっとしたハプニングもあったけど、楽しく過ぎていった。

第七章　アシュトの肉体改造

数日後の早朝……俺は温室の手入れをフレキくんと薬草幼女たちに任せ、ある場所へ向かった。

「「おはようございます。アシュト様」」

「おはよう、ランスローにゴーヴァン。今日はよろしくお願いします!!」

「「はっ」」

やってきたのは村の外れに建築された騎士団宿舎の前。俺の前で跪《ひざまず》いているのは、半龍人《デミ・ドラゴニュート》のランスローとゴーヴァンだ。

この村の守護をする龍騎士団の長にして、ローレライとクララベルの騎士。

なぜ俺が早朝からここに来たのかというと、先日の『クララベル、俺を乗せたまま湖ダイブ事件』が関係している。

その時のローレライの一言が俺に刺さった。『アシュトは貧弱』という抜けない棘《とげ》が……

というわけで、今日は龍騎士の訓練に交ざって身体を鍛えるのだ。

「いいか、俺だからって手心を加えるのナシで」

「……わかりました。では、ランスローの団員と一緒に訓練を」

「おし!! 最初はランニングだったな？」

「はっ、では、こちらへどうぞ」

「ああ。トレーニング中は普通の団員として扱ってくれ」

まずはウォームアップのランニングから。

決められたルートを時間かけてゆっくり走る。途中、緩急を付けたダッシュもあるらしい。いきなり無謀かもしれないが、体力は欲しい!!

ランスローと一緒に、フル装備で整列している龍騎士たちの元へ。

「本日より、アシュト様が訓練に加わることになった。皆、訓練中は特別扱いせぬように」

「「「「はっ!!」」」」

「では、早朝ランニングへ行くぞ」

「「「「はっ!!」」」」

「は、はいっ!!」

ランスローたちは、鎧姿のまま走りだした。

ガッシャガッシャと金属音が響く。俺だけシャツと短パンだから、ちょっと申し訳ない気になってきた……なんて考えは、走りだして十分で消えた。

「はっひ、はっは、はっひ、はっは……うそ、だろ、なんで、ペース、おち、ない？」

早くも息切れを始めた俺。最後尾からさらに遅れ始めた。

ランニングなどここ十年以上やっていない。龍騎士たちは一糸《いっし》乱れぬ統率された足取りで走る。驚いたことに、鎧の擦《こす》れる音まで重なっていた。

「うっひぁ、っはっほ、ふっふひっ……」

息も絶《た》え絶《だ》えに付いていくが、距離はどんどん開いていく。

改めて、体力のなさを実感した。早朝ランニング、これからも続けよう。

「後ろ!!　遅れているぞ!!」

「うはっ!?　す、すんまへんっ!!」

ランスローの声に驚いて返事をする。そして、なんとか追いつこうと走るが追いつけない。

シャツが汗を吸い、とても気持ち悪い。肺が爆発しそうだ。

「はひ、はいぃ……っくお、っはひ……うぁ」

もはや、走ってるのか歩いているのか。

ああ、龍騎士たちが遠くなる……俺、こんなにスタミナなかったのか。

それでもなんとか走り続け……

龍騎士のペースに付いていくことはできなかったが、なんとかランニングコースを完走した!!

宿舎の前では、龍騎士たちが拍手で迎えてくれた。恥ずかしいけどこれ、ウォームアップなのよね。

ゴールと同時に倒れ込むと、ランスローに抱き留められた。なにこのイケメン、惚れそうなんですけど。

「アシュト様、大丈夫ですか？」

「………みず、くれ」

「はい。ではこちらをどうぞ」

水筒をもらい、水を一気に飲み干すと、少しだけ体力が戻った。

なんとか自分で立ち上がる。

「いや、ランニング舐めてた……というか、ランスローたちは疲れてないの？」

「はい。朝の日課ですので」

「………」

全身フル装備なのに、息切れ一つ起こしてない。

他の団員たちも同じだ。汗こそ掻いてはいるが、疲労は感じられない。鎧を脱ぐとムキムキの身体が見える。くっそ、俺もあんな腹筋が欲しい。

「あの、次は？」

「次は朝食です。そのあとは班に分かれ業務を開始します。アシュト様は引き続き訓練でよろしいですか？」

「……はい!!」

ランニングだけで音《ね》を上げてたまるか。体力と筋肉を付けて格好よくなってやる。

◇◇◇◇◇◇

龍騎士の宿舎一階は食堂スペースになっている。

人数が多いのでバイキング形式。銀猫族が作った料理が壁際のテーブルに並んでいる。

最近まではお膳形式だったようだが、おかわりの手間があるので変更したそうだ。

銀猫たちは俺がいることに驚いていた。そういえば訓練に参加することは、ランスローとゴーヴァンにしか伝えてなかった。

「ご、ご主人様、私が料理を取り分け――」

「あ、私が!!」

「わたしがやります!!」

我先にとこちらへ押しかけてくる銀猫たち。

「ああもう私がやるので下がってなさい!!」

そう言ってみんなを下がらせたのは、銀色の長髪をポニーテールにした一人の銀猫少女だった。

えーと、確か名前はミニーアだっけ。銀猫族の中ではけっこう若手だったな。彼女たちの寿命は主に依存するから見た目の変化はないってシルメリアさんが言ってたけど、ミニーアはまだ十八歳くらい。俺より少し年下っぽく見える。

「お、落ち着け落ち着け。俺がやるから大丈夫だって」

「にゃう……」

俺の言葉に、ミニーアはネコミミをしゅんとさせて下がっていった。

「っと、朝ごはん朝ごはん」

龍騎士たちはすでに料理を自分の皿に盛りつけている。

腸詰め、潰したポテト、サラダ、魔獣肉ベーコン、焼いた魚や炒めもの、なんと朝からステーキまであった。

コメは大きな木桶いっぱいに入っており、自分でお椀《わん》によそうみたいだ。スープも大鍋たっぷりに入っているし……どれも美味そう。

ステーキはやめておくか……サラダと魚、ポテトにベーコンかな。コメとスープもよそって……よし、こんなもんか。

料理を取り終え、空いている席に座る。こうして見ると、朝食の時間の龍騎士たちはどこにでもいる若者と変わらない。楽しげに話し、笑っている。

俺の座っている両隣に、ランスローとゴーヴァンが座ってきた。二人とも朝からステーキとコメを食べるらしい。

「失礼します。アシュト様」

「どうぞどうぞ。というか、朝からステーキってすごいな」

「実は、コメにステーキを載せてタレをたっぷりかけると、とても美味なのですよ」

ゴーヴァンはそう言って、ステーキとコメを一緒に食べ始めた。

確かに美味そう……今度試してみよう。

続いて、同じようにステーキとコメの組み合わせのランスローが話しかけてくる。

「アシュト様、このあとは剣術訓練になりますが」

「剣術かぁ……俺、剣を握ったことほとんどないんだよな。魔法専門だし」

「そうですか。では、筋力トレーニングを中心に行いましょう。食事はそのままエネルギーになりますので、たくさんお召し上がりください」

「き、筋力トレーニング……よし、やる気出てきた!!」

俺はステーキを皿に追加し、コメをおかわりして平らげた。

筋トレ……見てろ、俺の身体を筋肉だらけにしてやる!!

この決意から一時間後……俺は死ぬほど苦しむことになる。


「アシュト様、大丈夫ですか?」

「…………し、しぬ」

地面には俺と一緒に、ドワーフ製のトレーニング器具が転がっている。

筋トレ、やばい……全身がボロボロです。

ダンベルってこんなに重いのか……持ち上げるだけで腕や腰が悲鳴を上げるんですけど。

「うぅぅ……俺って、こんなに力がなかったのか」

「最初は誰でもそうです。毎日続けていけば、必ず成果は表れます」

ランスローの慰めはありがたいけど、ムキムキの身体を見せつけながら言われるとかなり複雑。

腕の筋肉が痛い……くそ、筋トレ辛《つら》いよぉ。

この日、俺の心は折れた……筋トレという地獄によって。

でも筋トレは、そんな俺に容赦なく牙をむく。

それは訓練の翌日。

「う、うごけない……」

俺は、重度の筋肉痛になっていた。

腕や足が終わった。まったく動けない。

「うぅぅ……なんてこった」

決めた。まずは筋トレでもなくランニングでもなく、ウォーキングから始めよう。

第八章　銀猫お仕事

アシュトが筋肉痛で寝込んでいる二日間のこと。

銀猫族のリーダーであるシルメリアは、新居の掃除をするために、マルチェラとシャーロット、そしてミュアを呼んだ。シルメリアを含めたこの四人は、アシュトの新居を担当している。

「ご主人様が寝込んでいるので、掃除は静かに行います。マルチェラは洗濯、シャーロットは屋敷の各部屋の清掃、ミュアは私と一緒に庭の手入れを。特にシャーロット、ご主人様が寝ているので、作業は迅速《じんそく》丁寧かつ静かに」

「はい、わかりました」

「静かに、迅速に仕事をします」

「にゃあ‼」

時刻は午前中。朝食後、ミュディたちが仕事に向かうと、屋敷は銀猫たちだけになる。

マンドレイクとアルラウネは日光浴、ライラはミュディと手を繋《つな》いで製糸場へ向かった。ミュアもこの時間は外で遊ぶことが多いが、基本的には銀猫族としての仕事をシルメリアから習っている。

その時、ミュアがシルメリアに尋ねる。

「お庭のお手入れ……お花植えるの？」

「いえ、ウッドが庭に咲かせた花を、綺麗に植え替えるのです」

「にゃう？」

ミュアは、よくわからないとばかりに首を傾げた。

先日、ウッドが複製可能な植物を庭にたくさん生やした。春の陽気が嬉しくてやったらしいが、そこら中に咲かせたので庭がメチャクチャなのである。そのため、ちゃんと花壇や鉢植えに植え替えなくてはならない。

「では、仕事を始めます」

シルメリアの一声で、各々の仕事が始まった。

◇◇◇◇◇◇

マルチェラは、洗濯をするために川へやってきた。普段は風呂の残り湯を使うが、たまにこうして気分転換に川まで歩くこともある。

洗うのはアシュトの服だけでない。ミュディやシェリー、ローレライやクララベル、エルミナ、そして使用人の家に住んでる銀猫族やライラ、薬草幼女たちの服もある。

かなりの量だが、働くことが何よりの幸せである銀猫族にとって、仕事は多ければ多いほどいい。

「ふんふ～ん、お洗濯おせんたくぅ～♪」

村の商店『ディミトリの館』で購入した、自然に無害な『悪魔族《デヴィル》特製液体洗剤』を使い、それぞれの服や下着を洗濯していく。

アシュトの上着、ズボン、肌着、そして……下着。

「……うにゃ」

アシュトの下着。

「にゃう!!　だ、ダメですダメです!!　ご主人様の下着なんて……」

マルチェラは首をブンブン振り、アシュトの下着をタライに突っ込む。そして、ネコ尻尾をピーンと立ててゴシゴシ洗った。

なんとかアシュトの服を洗濯し、気持ちを落ち着けるため別の洗濯物を手に取る。

「わ、これ……ローレライ様の下着。すっごい派手で、スケスケ……」

ローレライがデザインして、ミュディが作ったものだった。

色は紫で、かなり際どい。一国のお姫様が身に着けるような下着ではないが……たぶん、アシュトのためだろうとマルチェラは推測する。

「………いいなぁ。私もご主人様と」

銀猫族は、ご主人様から種を授かり妊娠する。

どんな種族と結ばれても、生まれてくるのは必ず銀猫族の女性である。男性は絶対に生まれないので、他種族との交わりは必須であった。

「にゃあ……やっぱり、シルメリアが最初だよね」

アシュトの寿命は長い。きっとチャンスはある。

マルチェラは独語し、自分の子供に付ける名前を考えながら洗濯を続けた。

◇◇◇◇◇◇

シャーロットは、物音を立てないように二階の掃除を始めた。

窓を拭《ふ》き、埃《ほこり》を落とし、箒《ほうき》で掃《は》く。廊下を終えたら、次は個室の清掃。

基本的に、ミュディたちの部屋の立ち入りは自由である。ちなみに、エルミナ以外は王族や貴族なので、部屋の掃除などしたことがない。全て使用人に任せていた。

「ミュディ様の部屋……」

ミュディの部屋は、ものであふれていた。

自分で作ったぬいぐるみ、カーテンやレースのハンカチ、カーペットやベッドシーツも全て手作りである。中でも、ぬいぐるみは大量にあった。

窓を開けて空気を入れ替え、テーブルや窓などを拭く。これだけでも綺麗になる。

「シェリー様の部屋……」

シェリーの部屋は、意外とものが少ない。

ミュディからもらったぬいぐるみがいくつかあるが、それ以外はシンプルな内装だった。

小さな頃から魔法師として期待されていたシェリーは、趣味らしい趣味を持たず、魔法の訓練ばかりしていた。そのため、年頃の女の子らしい部屋がどういうものかわからず、レイアウトに気を配らないのである。

こちらも、掃除を手早く済ませる。

「ローレライ様の部屋……」

ローレライの部屋には、豪華な調度品が多くあった。

これらは全てドラゴンロード王国から送られてきたものだ。高そうな髪留めや宝石の入った宝箱、大きな鏡、化粧台。父であるガーランド王の愛を感じさせる豪華な部屋だ。

シャーロットは、慣れた手つきで掃除をする。

「クララベル様の部屋……」

クララベルの部屋は、ミュディと似ていた……が、生活感があまりない。

ベッドはあまり使われた形跡はなく、机も同様だ。

理由は簡単。クララベルは、いつも誰かの部屋で寝ているのだ。

ミュディの部屋でお喋りしてそのまま眠ったり、ローレライの部屋のベッドに潜り込んだり、シェリーやエルミナの部屋でお酒を飲んで寝ることもある。常に誰かのところにいる場合が多い。

一番掃除が簡単だ。なぜなら汚れていないから。

「エルミナ様の部屋……うわっ」

エルミナの部屋は、この中で一番ひどかった。

転がった酒瓶に、脱ぎ散らかされた服や下着。倒れた酒瓶からは残った酒がこぼれ、つまみの魚の骨は異臭を発していた。

掃除は毎日しているが、どうして一日でここまで汚れるのか……

苦労して掃除を済ませ、ようやく二階の掃除が終わった。

アシュトの部屋は最後にして、シャーロットは一階へ。

「さて、キッチンのお掃除をして、ご主人様のお昼の仕込みを始めましょうか」

◇◇◇◇◇◇

「では、鉢植えと花壇に移し替えましょう」

「にゃう‼」

庭に移動したシルメリアが言うと、シャベル片手にミュアが叫ぶ。どうやら、シルメリアと一緒に土いじりができることが嬉しいようだ。

「にゃんにゃんにゃにゃ～ん♪」

ミュアは鼻歌を歌いながら花壇を耕す。

シルメリアはシャベルで丁寧に花を掘り起こし、ミュアが耕した花壇に植えていった。

作業しながら、シルメリアは頭の中で花壇の花の並びを想像する。花が成長すれば、花壇はどのような彩《いろどり》になるか。

だが、ミュアはシルメリアが植えた花の位置を自由に変えてしまった。

「ここにきいろー、ここにあおー、ここにあかー」

「こらミュア、そこは青い花を植えるところです」

「えー……にゃあ、ここはあお‼」

「……はぁ。わかりました」

「にゃったー‼」

嬉しそうに花を植えていくミュア。

手袋などしていない。手は土まみれで、顔を擦るものだから土で汚れていく。

「シルメリア、はいこれ」

「これは？」

「土のおだんごー」

「はいはい。ありがとうございます」

「ふにゃー」

ミュアは、他界したシルメリアの姉の子である。笑うと幼い頃の姉にそっくりだ。

姉は、子供を産んで幸せだと言っていた。小さな赤ん坊だったミュアを抱き、『この子は私の宝』と言っていたことが忘れられない。

遠い目をしていたシルメリアを、ミュアは不思議そうに見つめる。

「にゃう？　どうしたの？」

「いえ……ミュア、花壇が終わったらお風呂に行きましょうか。お昼はシャーロットとマルチェラに任せましょう」

「うん!!　シルメリアも一緒におふろ入る？」

「ええ。しっかり洗ってあげますからね」

「にゃう!!」

「それと、髪も少し伸びてますね……散髪しましょうか」

「うにゃ!?　さ、さんぱつやだー!!」

「あ、こら!!」

ミュアは、散髪が苦手なのだ。

花壇から逃げ出そうとするが、シルメリアは首根っこを掴んで捕まえる。

そして、その拍子に――

「うにゃっ⁉」

「ふにゃっ⁉」

掘った穴に躓き、水の入ったバケツを巻き込むように、二人して転んでしまった。

お互い、土汚れと水でドロドロになる。

「にゃううぅっ‼　にゃはははははっ‼　シルメリアどろんこ‼」

「…………」

「にゃはは、は……」

「…………」

「ご、ごめんにゃさい」

「では、散髪しましょうね？」

「ふにゃっ⁉」

泥まみれの銀猫二人の追いかけっこが始まった。結果は……シルメリアの圧勝である。

第九章　ビッグバロッグ王国の婦人会

ビッグバロッグ王国の領内。

エストレイヤ家の玄関ホールに、一人の美しい女性がいた。

ホールには執事やメイドがズラッと並び、その中央を優雅に通るのは、このエストレイヤ家の夫人であるアリューシア。

由緒正しい貴族の家系プリメーラ家の元令嬢で、若かりし頃は『麗《うるわ》しき一輪のバラ』と表現されたほどの美貌《びぼう》を持つ。

甘やかされて育ったアリューシアは非常に我儘《わがまま》な性格になり、プリメーラ家の人々を大変困らせていたのだとか。

だがそんな時、アリューシアは恋をした。

相手は、当時のビッグバロッグ王国最年少将軍にして、甘いマスクから『煌《きら》めきの聖剣』と呼ばれていた、名門エストレイヤ家長男アイゼンだ。

青年期のアイゼンはリュドガそっくりのイケメン。誰が彼の妻になるかで貴族たちの間では小競《こぜ》り合《あ》いが起きるほどだった。そしてアリューシアは見事、妻の座を勝ち取ったのである。

側室の話も持ち上がったが、アリューシアは全て却下した。

エストレイヤ家夫人という肩書を、自分以外の女が持つなどあり得ない。アリューシアは世継《よっ》ぎとなるリュドガ、次男アシュト、長女シェリーを産み、側室の必要性がないことを示した。

アイゼンを上回る才能を持つリュドガとシェリーに周囲は驚き、数々の功績を打ち立てる自慢の子供たちに便乗して、アリューシアの評価も上がった。

そうして、アリューシアはビッグバロッグ貴族婦人の頂点に立つ存在となった。

定期的に開催される婦人会では王族並みの接待を受け、アリューシアに気に入られようと擦り寄ってくる貴族婦人たちの相手をする。これが何よりも楽しかった。

おかげで家族と接する時間は減り、子供たちと接する機会もほとんどなくなった。

リュドガとは数日に一度話すかどうか、シェリーやアシュトとは数年顔も合わせていない。アシュトがいなくなったことを知ったのも、彼が除籍されてから数か月が経過してからだった。

だが、特に悲しみはない。リュドガがいれば、貴族婦人頂点の座は揺るがないのだから。

さて、玄関ホールにいるアリューシアだが……少し不機嫌だ。

彼女は、傍《かたわ》らに佇《たたず》むエストレイヤ家貴族執事長セバッサンに尋ねる。

「セバッサン……ルナマリアさんは?」

「は。お支度に時間がかかっているようで」

「……………そう」

今日はリュドガの妻ルナマリアの、ビッグバロッグ貴族婦人会デビューの日なのだ。

◇◇◇◇◇◇

「ももも、申し訳ありまっせん!! うわっ!?」

「………」

ルナマリアが慌ててやってきた。

アリューシアは彼女の姿を見て眉《まゆ》をピクッと動かす。

なぜならルナマリアは汗だくで、麻《あさ》のシャツにスパッツという姿だったのだ。どう考えても婦人会に出かける格好ではない。

「……その格好はどうしたのかしら?」

「ええと、早朝ランニングをしてまして。久しぶりだったのでつい、いつもの倍の距離を走っていました」

「……今日はなんの日かお忘れかしら?」

「え、ええと……」

「すぐに着替えてらっしゃい!!」

「は、はいっ!!」

ルナマリアは、慌てて部屋へ駆けだした。

その後ろ姿を見送ったアリューシアは、大きくため息を吐く。

「はぁ〜……アトワイト家の長女が脳筋という噂はあったけど、まさかここまでとは……」

貴族のたしなみである礼儀作法は完璧なのだが、どうも抜けているところがある。

結婚後も騎士を引退しないと言っているが……やはり、王国最強将軍リュドガの妻として、貴族婦人らしい振る舞いはしてほしい。

アリューシアはルナマリアに貴族婦人としての上下関係をきっちり叩き込むつもりだったが、どうも最初からペースを狂わされた。

「先に行きましょう。ルナマリアさんの準備が整い次第、別宅へ」

「は、かしこまりました」

向かうのはエストレイヤ家別宅。アリューシアの要塞ともいえる場所だ。

アリューシアは、特注で作らせた豪華な馬車で出発した。

◇◇◇◇◇◇

エストレイヤ家のメイド長ミルコは、汗だくのルナマリアがドレス部屋に飛び込んできたのを見て驚いた。

「み、ミルコおばさん‼　ど、どれす、ドレスを」

「ルナマリアちゃん……じゃなくて、ルナマリア様。ああ、今日の婦人会……って、なんでそんな格好を⁉」

「わ、忘れてたの!!　やばい、アリューシア様カンカンだった!!」

ミルコはルナマリアを子供の頃から知っている。

リュドガとの結婚には喜んだし、このエストレイヤ家に来たことも本当に嬉しく思っていた。

ルナマリアも子供の頃からお世話になっているミルコには、実母以上の感情を持っていた。

「まったく、そんな汗だくで……っと、失礼いたしました」

「いいよ、おばさんはおばさんのままで。私もそっちのが嬉しい」

「おや、そうかい？　でも、こんな喋り方をしているのは内緒だよ？」

「うん、もちろん」

ルナマリアはミルコの前だと普段の堅苦しい喋りではなくなる。

温かな、包み込むようなミルコの優しさに、あまり話したことのない母を重ねていた。

「さぁて、じゃあ支度をしよう。ドレスとアクセサリーを選ばないとねぇ。その前に汗を流そうか。

さぁさぁやることがいっぱいだよ」

「うん。あ、そうだ。ドレスと宝石はあるから、髪をお願いしていいかな？」

「はいはい。じゃあお風呂を沸かそうかね」

「……お風呂」

「ん？」

「あ、いや。お願い」

ルナマリアはアシュトの村の風呂を思い出したのだった。

エストレイヤ家の風呂は、大きな水瓶《みずがめ》みたいな形をしている。以前は準備するのも手間であまり入らなかったが、アシュトの村で入った風呂は広々として快適だった。

薬草やセントウの甘い香りの湯は、肌がすべすべになり気持ちよかった。

「っと、準備準備」

村での思い出を振り払い、ルナマリアはドレスとアクセサリーの支度を始めた。

◇◇◇◇◇◇

アリューシアの別宅には多くの貴族婦人が集まり、お茶会を楽しんでいた。

中心はもちろんアリューシア。今日も多くの婦人に囲まれている。婦人同士が牽制しあい、アリューシアに気に入られようとおべっかを使い……そんな光景を見るのが好きな彼女は、満足げに紅茶のカップを傾ける。

その時広い別宅のドアが開き、一人の執事が入ってきた。

「エストレイヤ家リュドガ将軍婦人、ルナマリア様が到着されました」

にわかにその場がざわついた。

当然、ルナマリアのことは誰もが知っている。むしろ知らない国民はいない。

アリューシアが連れてくるのかと思いきや、遅れての登場だ。

婦人たちの視線がドアへ向かう。

「遅れて申し訳ありません。ルナマリア・エストレイヤです。どうぞお見知りおきを」

その言葉のあとに訪れたのは、静寂だった。

ドレスに身を包んだルナマリアの姿は、あまりにも美しかった。

「る、ルナマリアさん？」

「はい。お義母《かあ》さま」

アリューシアの言葉に、ルナマリアは優雅な笑みを浮かべながら答える。

彼女のドレスは、ビッグバロッグでは見かけることのないキングシープの羊毛を使った特別なドレスだ。柔らかくしなやかで火にも強い素材であり、ルナマリアのために妹のミュディがデザインした特別製だ。

アクセサリーの輝きもこの場にいる貴族たちの比ではない。

アシュトの村で採掘された高純度の原石を、最高の職人であるエルダードワーフが手掛けたものだ。王国のドワーフが見たら目玉が飛び出ること間違いなし。この場にいる貴族婦人が身に付けている宝石を全て売り払っても、ルナマリアのブレスレットを一つ程度買えるかどうか。

長い金髪は丁寧に梳《す》かれ、元来の美しさを引き立てるように薄化粧が施されている。

普段はドジで天然だが、ルナマリアは磨けばこんなにも輝くのだ。幼い頃からそのことを知っていたミルコは、己の持つ技量を全て使ってルナマリアの身だしなみを整えた。

ルナマリアは、一歩一歩優雅に歩く。

彼女が近付くごとに、ふわっとした高貴な雰囲気が立ち上るようだった。

ルナマリアは微笑を浮かべ、頭を下げた。

「遅れて申し訳ありません、お義母さま」

「……ッ」

この姿を見せつけるためにわざと遅れたのか、とアリューシアは一瞬勘繰《かんぐ》った。もちろん、ルナマリアはそんなことを考えていない。純粋に遅刻し、謝罪しているだけだ。

この日以降、貴族婦人の頂点に立つアリューシアの輝きは間違いなく曇《くも》り始めた。

◇◇◇◇◇◇

数日後、ルナマリアは彼女の同僚にして幼馴染《おさななじみ》でもあるヒュンケルの執務室にやってきた。何かと相談相手になってくれるヒュンケルに、婦人会中のアリューシアの様子を説明して意見を聞くためである。

「……私は、アリューシアお義母さまを怒らせたのだろうか」

「……いや、メンツをぶっ潰しただけだと思うぞ」

ルナマリアの言葉を聞いたヒュンケルは、そうぶった切った。

「はぁ～……お義母さま、あれから一度も口をきいてくれない」

「母上がか？　う～む」

そう考え込むように言葉を発したのはリュドガだ。偶然、彼もヒュンケルの執務室に居合わせていたのである。

「お前ら、もういいから仕事に戻れよ……」

「む、そうだな。仕事に私事を持ちこむわけにはいかん」

「ああ、確かに。悪いヒュンケル」

「あ、ああ……」

一気に公人の顔に戻ったリュドガとルナマリアを見て、ヒュンケルは鼻白んだ。

と、その時。ヒュンケルの隣に部下のフレイヤが来て、そっと耳打ちした。

「あの、この二人って天然なんですか？」

「見ての通りだよ……」

「お茶が入りました〜♪」

もう一人の部下であるフライヤがほがらかにお茶を運んできて、ルナマリアと楽し気に喋ってい
る。そういえばこいつも天然系だとヒュンケルは思い、フレイヤに言った。

「頼りはお前だけだ。これからも頼むぜ」

「は、はぁ……」

ビッグバロッグ王国将軍補佐ヒュンケルは、毎日とっても忙しいのである。ツッコミだけでもフ
レイヤに任せられないか、と本気で考えていた。

第十章　アシュトとリザベル

ある日、俺はディミトリの館で店番のリザベルと世間話をしていた。

「そういえば、天使族《エンジェル》と悪魔族《デヴィル》って仲が悪いのか？」

ふと浮かんだ素朴な疑問をぶつけると、リザベルは首を傾げた。

「そんなことはありませんよ？　悪魔族《デヴィル》も天使のマッサージを受けますし、天使族《エンジェル》もこの店でお買いものをしますから。仲が悪いのは会長とアドナエル社長だけです」

「そ、そうなんだ」

悪魔商人ディミトリは高級食材や高級品、ベルゼブブ産の道具なんかを売っている。

アドナエル・カンパニー社長のアドナエルは美容品やサービス、飲食店関係を経営している。

商売敵《がたき》だからなのか、扱っている商品のジャンルは違うのに二人の仲はとてつもなく悪い。水と油という言葉がこれほどピッタリなのも珍しい。

まぁ、似たところもあるんだろうけど、俺にはわからない。

「それに私、イオフィエルとは文通をする仲です。彼女とは趣味や話が合いますので」

イオフィエルとは天使族《エンジェル》の上位種、熾天使族《セラフィム》の女の子だ。

「そうなのか？　趣味って？」

「読書や執筆です」

「執筆って、本を書くのか？」

「はい」

ちょっと意外かも。

リザベルやイオフィエルの書いた本かぁ……ハイエルフの長ジーグベッグさんの本はけっこう読むけど、他の作者の本ってあまり村にはないんだよなぁ。

「なぁ、それ――」

「ダメです。アシュト村長の趣味ではないので」

言い切る前に拒否られた。そう言われると逆に気になってくる。

「なぁ、どんな――」

「ダメです」

な、なにこの拒絶。

リザベルはニッコリ笑っているが、これ以上は許さないと言っているような気がする。うーん、仕方ない。

「わかったよ。っと、そろそろ行くか」

「はい。ところで、今夜はどなたですか？」

「今日はローレライ……って、なんで聞くんだよ？」

「いえ別に」

この野郎、夜のローテーションがあるのを知ってやがる。

◇◇◇◇◇◇

「お、天使のマッサージ軍団」

散歩中、浴場近くに建築された天使の整体院の前に、整体師姉妹のハニエルさんとアニエルさん、整体院所長のヨハエルさん、俺専属の整体師のカシエルさんがいるのを見かけた。

全員イケメンに美女だわ。なんとなく悔しい気持ちになるのはどうしてだろうか？

俺は天使たちに近付いて挨拶したあと、カシエルさんに頭を下げる。

「カシエルさん、先日はありがとうございました」

先日というのはもちろん、俺の結婚式の時に神父役を務めてくれたことだ。

「いえ。身に余る光栄です。大役を務めさせていただき、こちらこそ感謝しています」

なんだこのナイスガイは……にっこり笑って手を胸に当てる姿は格好いい。

俺もこんな男になりたい。強くそう思った。

というか、建物の前で何をしているんだ？

「ところで、ここで何を？」

「いえ、商品の売れ行きがいいので、少し店の拡張を考えていまして」

ヨハエルさんがオシャレ眼鏡をクイッと上げて言う。

カシエルさんが爽やか系イケメンなら、ヨハエルさんは知的系イケメン……もしかして俺、イケメンイケメンやかましいかな？

「特にハイエルフの方々や悪魔族《デヴィル》の女性たちに好評でして、化粧品やサプリメント剤がよく売れます。そこで、美容系の食品を取り扱おうと思いまして。それに合わせ、カフェの建設も計画に入れています」

「さ、さぷり、めんと？」

「ええ。栄養剤ですね」

「へぇ……カフェもですか？」

「はい。ディアーナ様に計画書は提出してあります」

俺はまだ見ていないな。あとで確認しておくか。

ちなみに天使族《エンジェル》と悪魔族《デヴィル》の通貨は違うが、この村ではベルゼ通貨で統一している。必要があれば両替もできるそうだ。

「カフェかぁ……」

「調理はこのハニエルが」

「飲みものはこのアニエルが担当します」

「そうなんですか？」

俺の言葉にハニエルさんとアニエルさんが頷いた。

「はい。私たちは整体師ですが、調理師の資格も持っていますので」

「調理……し？」

詳しく聞いてみたところ、天使族《エンジェル》は飲食店を出すのに資格が必要らしい。

人間はそんなことない。たとえば、家が飲食店だと跡継ぎとなる息子や娘が両親から料理を習うからな。息子が店を継いで娘は別の店を開業するなんてことも珍しくない。だから、資格が必要ってのは驚いた。

「カフェ、楽しみにしてます」

そう言って、俺は散歩を再開した。

◇◇◇◇◇

村をのんびり歩いていると、前から銀猫族の少女がバスケット片手に歩いてきた。

「あ、こんにちは。ご主人さま」

「やぁナナミ。元気かい？」

彼女は、銀猫族のナナミ。

銀猫族ではミュアちゃんの次に若く、見た目はだいたい十四歳くらい。

「はい。ご主人さまはお散歩ですか？」

「ああ。天気もいいし、本ばかり読むのもな」

ナナミはショートポニーテールを揺らし、なにやらご機嫌だ。手にあるバスケットの中は果物だろうか。

「それ、どうしたんだ？」

「えへへ。実はハイエルフさんから果物をもらいまして、これでジャムを作ろうと」

「なるほど、お手製ジャムなのか」

「はい!!　実はわたし、果物や野菜を使っていろいろなジャムを作ってるんです!!」

「へぇ……ナナミは料理好きなんだな」

「にゃっ!?」

なんとなく、頭をなでなでする。

年下の銀猫はなぜか撫でたくなるんだよなぁ。身長も低いし、撫でやすいからかな。

ナナミの顔が赤らんでくる。

「にゃう……ご主人さま、きもちいいです」

「そうか？　……そうだ、よかったら今度、ナナミの作ったジャムでパンを食べたいな」

「え、で、でも。シルメリアさんみたいに上手じゃないし、わたしのジャムなんて」

「こらこら、自分を卑下《ひげ》しないの。よし、じゃあ今度、家にジャムを持ってきてくれよ。パンやクッキーを焼くから、ナナミのジャムで食べることにするか」

「えええっ!?」

「ふふ、頼めるか？」

「は……はいっ!!」

おお、ネコミミと尻尾が動いている。可愛いな。

ナナミは張り切ったように銀猫族の宿舎に戻っていく。

俺は散歩を再開し、その後も住人たちに挨拶して回った。

「平和って最高だ……」

太陽の光も心地いいし、毎日とっても幸せです!!

第十一章　銀猫のナナミとミリカ

短いポニーテールを揺らし、ネコミミと尻尾を揺らすナナミは、銀猫族の住む宿舎のキッチンを使い、趣味である保存食作りを行っていた。

今日作っているのは、春のイチゴとサクランボを使ったジャムだ。

「ふんふ～ん♪」

イチゴの形を崩さないように煮込み、完成したらスライム製の瓶に入れる。

同様にサクランボも煮込み、瓶に詰め、完成したらラベルを張る。

趣味で作ったものは個人の持ちものにしていいとアシュトが言ったので、ナナミは収穫したはいいが形の悪い果物をハイエルフから分けてもらい、コツコツとジャムを作っていた。

一度だけディミトリの館に卸したこともあったが、シルメリアが作ったジャムに比べて値段が安かった。

それは仕方がない。なにせ銀猫のトップでありリーダーのシルメリアは、家事や料理が一番得意なのだ。そのためアシュトの傍付きとして、使用人の家で暮らしている。

ちなみに、ナナミのジャムはすぐに売れた。決して彼女の腕が悪いというわけではないのだ。

「うん、いいかも」

自分で書いたラベルを貼り、瓶を眺める。

下手なイチゴとサクランボの絵だが、彼女は満足していた。自分の棚に飾り、時折こっそりジャムを舐めるのがナナミにとって最高の幸せだった。

銀猫族は基本的に共同生活で、一つの部屋に二人で住んでいる。ナナミの部屋にあるのは、ベッドにクローゼットに小さなデスクだけ。そのデスクの棚に瓶を飾っていた。

ナナミはキッチンのあと片付けをして、部屋に戻る。

瓶を棚に置くと、いきなり部屋のドアが開いた。

「ただいまー」

「ふにゃっ⁉　び、びっくりしたぁ」

「ナナミ、またジャム作ったの？　いいなぁ、あたしにも舐めさせてよぉ」

「だだ、だめっ‼　ミリカに舐めさせると空っぽになっちゃう‼」

「にゃん、ちょっとだけぇ」

同室のミリカは、ナナミより二つほど年上に見える銀猫族だ。

銀猫族は主の寿命に依存し、成長しても外見にほとんど変化がない。どんなに年を取っても二十代ほどの見た目で固定される。

歳の近いナナミとミリカは、とても仲良しだった。

ナナミのジャムを諦めたミリカは、ベッドに座る。今日の仕事は終わったようだ。

「そういえばナナミ、ご主人様にジャムをあげるんじゃなかった？」

「う……で、でも、わたしの作ったジャムなんて、シルメリアさんのと比べたら……」

「もう!!　ご主人様はナナミのジャムが食べたいって言ったんでしょ!!　シルメリアさんは関係ないって!!」

「にゃぅぅ……」

「あーもう!!　このわからず屋ーっ!!」

「ふにゃぁっ!?」

ミリカはナナミにとびかかり、ベッドに押し倒す。

そして、そのままナナミのネコミミをはむはむ甘噛みして引っ張り、思いきり抱き締めた。これが銀猫族の愛情表現。ミュアがアシュトにじゃれつくのと同じだ。

「にゃぁぁ……ミリカぁ」

「にゃっふぅ……とにかく、ご主人様にジャムを渡さないと!!　約束を守らない銀猫は、主から種をもらえないぞ!!」

「にゃ、それはいやぁっ!!　でも、わたしの作るジャムなんて普通だし……」

「だったら……あ、そうだ!!」

「え？」

ミリカはピコーンとネコミミと尻尾を立てた。

◇◇◇◇◇◇

「……なるほど。で、あたしに相談と」

「はい!!　ハイエルフのメージュさんなら、こういうのに詳しいと思いまして」

「にゃう……その、いきなりごめんにゃさい」

「いいよ、別に。それにちょっと面白そうだしね」

村の農園担当にして責任者のメージュに相談しにきた銀猫二人。農園の手伝いをすることが多いミリカはメージュと仲が良く、年長者の彼女の知恵を借りに来たのである。

内容は、もちろんジャムのことだ。

ちなみに場所はディアーナの執務邸。収穫量についての書類を運んでいたメージュに話しかけたら、そのまま中に案内されたのである。

ミリカとナナミは執務机をチラッと見る。そこでは、ディアーナが書類の山を前に黙々と作業をしていた。

「うちらハイエルフが使っているのは、みんな果物ジャムだね。うちの村で加工しているやつ」

「その、珍しいジャムとかはないのでしょうか……？」

「そうだねぇ……野菜のジャムとか？　いや聞いたことないな」

「にゃぅぅ……」

基本、村で収穫できる果物は全てナナミもジャムにしたことがある。失敗だらけだが、野菜でのジャム作りも試《こころ》みたことはあった。

クリでジャムが作れないか試したこともある。もちろんこれも失敗したが。

結局、メージュからもいい案は得られなかった。

「うーん、悪いね。力になれなくて」

「いえ、ありがとうございました‼」

「あ、ありがとうございました」

申し訳なさそうにするメージュに頭を下げた時だった。

「自生しているベリーを使うというのはどうでしょうか？」

「「「え？」」」

意外なところからの声。

三人が目を向けると、書類にサインをしながらディアーナが言葉を続けた。

「村の敷地内に、自生しているベリーの木がいくつかあります。ベルゼブブではベリー農家がいて、彼らの育てたベリーはジャムに加工され流通しています。村には果物系のジャムしかありませんので、ベリーなら新鮮かと」

ディアーナ曰く、解体場近くに野生のベリーが生《な》っているらしい。

種類は、ブラックベリー、ラズベリー、ブルーベリー、ホワイトベリー。解体場の近くということで、普段はデーモンオーガのシンハやノーマのおやつになっているようだ。大した量でもないし、果物の方が美味しいので、特に報告されていなかったとか。

「ベリージャム……確かに、シルメリアさんも作ってないかも」

「よし、行くよナナミ!!」

「う、うん!! ディアーナ様、ありがとうございます!!」

「いいえ。思い付きですので気になさらず」

ミリカとナナミは走って執務室を出ていった。

残されたメージュはニヤニヤしながらディアーナに言う。

「ずいぶんと優しいねぇ?」

「別に。村の新しい産業になればと思いついただけです」

「ふ〜ん?」

「………なにか?」

「べっつに? ツンツンしてるけど子供好きなんだなぁ〜って。んふふ、ディアーナに子供が生まれたら、いいお母さんになりそうだね」

「なっ、お、お母さんって!?」

意外と、仲のいい二人だった。

◇◇◇◇◇◇

解体場へやってきたナナミとミリカは、近くに自生しているベリーを見つけた。

ディアーナの言った通り、様々な実が生っている。

「で、どうするの？」

「とりあえず、全種類を少しずつ」

「わかった‼」

持ってきた小さな籠にベリーを摘《つ》んでいる途中、ちょうどシンハとノーマが狩りから戻ってきた。

ベリーについて断りを入れると、二人は採取を手伝ってくれた。

「ベリージャム、楽しみにしてるね‼」

「銀猫姉ちゃん、できたらおれにもくれよ‼」

採取が終わったあと、ノーマとシンハはナナミにそう言った。

ナナミがジャムを渡す相手が増えたようだ。

ベリーを持って寄宿舎に戻り、さっそく調理を開始する。

「とりあえず、全種類のベリージャムと、全種類をミックスしたジャムを作るね。これならご主人様の期待に応《こた》えられるかも‼」

「急に元気になったね、ナナミ」

「えへへ。この村で最初のベリージャムを作るんだって思うと、嬉しくって」

「あ、あたしの分もちょうだいね!!」

「もちろん、一緒に舐めよっか」

――のちにナナミはベリージャムをアシュトの家に持っていき、アシュトやミュディたちからの好評を得た。

アシュトはナナミにベリージャムの生産を正式に依頼し、村の畑を拡張してベリー畑を作り、ウッドの能力で様々なベリーを生やした。

ベリー農園の管理者をミリカに任命。ナナミとミリカは、ベリージャム関係を一手に引き受けることになる。

「ふんふ～ん♪」

「ナナミっ!!　ジャムちょうだい!!」

「うん、いいよ。一緒に舐めよう♪」

だが、それはもう少し先のお話。

今日もナナミはジャムを作り、ミリカと一緒にこっそり舐める。

第十二章　ワーウルフ族のマカミ

今朝の朝食は焼き立てパンとスープ、サラダにベーコンとやや軽め。昨夜は久しぶりにステーキだったので、少し胃が重い。こういう微妙な配慮もシルメリアさんの成《な》す技だ。

俺はパンに塗るジャムを選ぶ。

「これこれ、ナナミの作ったミックスベリージャム」

「うんうん、美味しいよねこれ」

「ああ。果物系のジャムならわかるけど、ベリーを使うとはな」

シェリーもベリージャムはお気に入りだ。

このベリージャムには、シルメリアさんも驚いていた。

先日、ナナミがジャムを作るのが趣味だと聞いたので、せっかくだしお裾《すそ》分《わ》けしてもらおうと頼んだら、このベリージャムが出てきたのだ。

これは美味いと瞬《また》く間に評判となり、今は専用のベリー畑も作った。

管理者は銀猫族のミリカ。たまーにベリーのつまみ食いをして怒られているとか。

俺は、壁際に控えているシルメリアさんに聞く。

「シルメリアさん。ナナミに何かご褒美をあげたいんだけど、どうすればいいと思う？」

「でしたら、頭を撫でるとよろしいでしょう。銀猫にとって主に褒められるのは至上の喜びですから」

「そ、そうなんだ。でも撫でるだけってのも……」

「いえ、それで十分です。それ以外ですと、主の種を——」

「わ、わかった。あとでナナミをいっぱい撫でるよ」

「……はい」

お礼の方法が極端すぎるだろ……

◇◇◇◇◇◇

朝食後、フレキくんと一緒に村を歩く。最近、俺は村の見回りを兼ねたウォーキングを始めた。ウォーキングのやり方は龍騎士たちから教わった。腕をしっかりと振り、足を曲げて歩く。姿勢を意識して、身体全体を使って……けっこう疲れるんだよな。でも、これなら続けられる気がする。見回りは毎日の日課だしね。

ウォーキング中、フレキくんが話しかけてきた。

「あ、そうだ師匠。今度、ワーウルフ族の村に一度帰ります。怪我や病気の人がいるかもしれないので」

「わかった。あ、そうだ。フレキくんにもリンリン・ベルを渡しておくよ。使い方はわかるよね」

「はい。鈴が鳴ったら植物を取れば、師匠たちとお話ができるんですよね」

フレキくんは、二十日に一度、ワーウルフ族の村に戻る。

怪我人や病人がいないか村人の家を往診したり、いざという時のために、ワーウルフ族の薬院に詰めているようだ。もう立派な薬師だよ。

今は俺と散歩しているけど、いつかは卒業して戻っちゃうんだろうな。

遠い目をしていたら、フレキくんが不思議そうに尋ねてきた。

「師匠、どうしたんですか？」

「いや、フレキくんも立派になったなって」

「え……いや、そんな。ボクなんてまだまだです」

「大丈夫。自信を持っていい、フレキくんは立派な薬師だ」

「……師匠」

フレキくんは頭を下げ、へへへとはにかんだ。

「そういえば、アセナちゃんの調子はどう？　変身できるようになったかい？」

「いえ、さっぱりです。本人は『もう少しでできる』って言ってるんですけどね」

「ま、まぁ実際、もうすぐできると思うよ。見守っててあげて」

「は、はい……？」

前に変身できたのは内緒だよな。きっと、お兄ちゃんには最初に見せてやりたいだろうし。

俺とフレキくんの散歩は、穏やかに過ぎていく。

◇◇◇◇◇◇

「お？　あれは……センティか」

「どうやら、配達から戻ってきたみたいですね」

フレキくんと散歩中、村の入口広場にハイエルフやサラマンダー族たちが集まっていた。

見れば、体中に木箱を巻き付けた大ムカデのセンティがその輪の中にいる。というかセンティ、また身体が伸びてるような気がする。

広場に到着したセンティの身体から木箱を取り外し、ハイエルフは積み荷をチェック。サラマンダー族は木箱を担いで倉庫へ向かう。

俺はセンティの顔の方に、フレキくんと近付いた。

『あ、村長。どうもどうも』

「お疲れ。どこの配達に行ってたんだ？」

『ワーウルフ族の村っすよ。いやぁ、なんかワイ、また身体が伸びちゃいまして、逃げ足もさらに早くなったんでっせ!!』

「逃げ足自慢かよ……」

「ワーウルフ族の村ですか。あの、何か変わったことありました？」

『特にはありまへん。ああそうだ、何人か村を見学したいと言うんで連れてきたんですわ』

「え？」

その言葉が合図だったかのように、数人の人狼たちがぞろぞろやってきた。荷の積み下ろし作業を終え、俺に挨拶しに来たようだ。

その中の一人が、俺に頭を下げる。その顔には見覚えがあった。

「お久しぶりです、アシュト村長。積み荷の護衛を兼ね、村の見学を希望して来ました」

「お疲れ様です。護衛はともかく、見学？」

「はい。村の産業や各種族の仕事を見学し、ワーウルフ族の村で役立てたいと思いまして。ご迷惑でなければ許可をお願いいたします」

「もちろん構いません。どうぞどうぞ」

「ありがとうございます」

ワーウルフ族の人数は十人ほど。みんな若い男女だ。

なんでも、新年会や結婚式の料理とか、村の建物とかを見て刺激になったらしい。コメづくりや狩りだけでない、新たな産業を興《おこ》したいのだとか。うんうん、そういうことなら大歓迎だ。

いきなりの来訪だから日帰りのつもりらしいけど、せっかくだし泊まってもらうか。銀猫たちに連絡して、来客用の宿を使ってもらおう。

すると、驚いたような声が。

「ま、マカミ⁉　な、なんでここに」

「久しぶりね、フレキ」

フレキくんが、一人の女の子と話していた。

十六歳くらいだろうか、クセッ毛をポニーテールにした活発そうな女の子だ。足下には三歳くらいの幼女が引っ付いている。

「フレキくん、その子は知り合い……だよな。ワーウルフ族だし」

「え、ええ。その、幼馴染のマカミです。小さいのは妹のコルン」

「はじめまして。アシュト村長。フレキがお世話になっています」

「あ、どうも」

マカミちゃんと握手。元気いっぱいに俺の手をブンブン振る。

「やっと来ることができました。フレキ、せっかくだし村を案内してよ!!」

「え、いやボク、師匠と散歩中で」

「アシュト村長!! フレキをお借りしますね!!」

「あ、はい」

「じゃ、行くよ!!」

「え、師匠!? 師匠ぉぉぉっ!!」

フレキくんはマカミちゃんとコルンちゃんに連れていかれた。

うーん、尻に敷かれているな。

◇◇◇◇◇◇

一人になった俺は、アセナちゃんを誘って二人で森の秘密基地へ。

少しだけ変身の練習をするが、まだ上手くできないようだ。

持参したクッキーを齧りながら休憩し、マカミちゃんのことを聞く。

「マカミさんが来たんですか？　あらら……兄さん、大変ですね」

「やっぱり知っているのかい？」

「ええ。兄さんの幼馴染ですから。兄さんは子供の頃から本や勉強が好きで、ずっと家にいたんですけど、マカミさんはそんな兄さんを無理やり引っ張り出して強引に狩りを連れていったり、川で泳ごうと激流に兄さんを突き落としたりしていたんです」

「えぇー……」

「マカミさん、兄さんとは正反対で、狩りは得意だし同世代の人狼の中では群を抜いて身体能力が高いんです。村からも期待されていて、同世代の人狼だけじゃなく、大人の人狼からも求婚されたこともある、かなり人気のある女の子なんですよ」

「そうなんだ」

確かに、マカミちゃんは可愛かった。美女というより、健康的な美しさを感じた。

「兄さんはマカミさんを苦手としているんですけど、マカミさんはそうでもないみたいです。兄さんがこの村に行くのも、最初は反対していましたから」

「え」

「村へ帰る時も、兄さんは苦手意識からかマカミさんとは顔を合わせてないようですね。マカミさんはそのことを悲しんでいるらしくて……」

「アセナちゃん。もしかしてマカミちゃんって、フレキくんのこと……」

「……わかりません。私、子供なので」

「おいおい……」

アセナちゃん、楽しんでいるのかめっちゃ笑顔だよ。

ワーウルフ族の少女マカミちゃん。

なんだろう、一波乱起きそうな予感。

◇◇◇◇◇◇

ワーウルフ族の人たちは農園を見学したり、エルダードワーフの工房を見学したりしていた。

若い村人に技術を覚えてもらい、これからのワーウルフ族の村で新しい産業を確立させるためだとか。うんうん、素晴らしい考えだね。

手の空いたハイエルフやドワーフたちに案内と説明を任せ、俺は薬院へ戻ってきた。

「あ、村長。お邪魔してまーす‼」

「すみません師匠……」

「や、やぁ。マカミちゃん、だったよね？」

「はい!!」

薬院には、ぐったりしたフレキくんとテンションの高いマカミちゃんがいた。

マカミちゃん、ソファに座って足をパタパタさせている。周りをキョロキョロ見てなんだか楽しそうだ。

「ここがフレキの仕事場かぁ～」

「あまり騒がないでくれよ。師匠に迷惑が……」

「あはは。まぁせっかくだし、お茶でも」

「……師匠、気を遣わないでも」

「ありがとうございます!!」

マカミちゃんは、ガバッと立ち上がり頭を下げた。どうも元気が良すぎるな。

冷蔵庫から果実水を取り出し、カップに注ぐ。ミュアちゃんたち用に入れておいたアルラウネドーナツも出した。

ソファに座り、おやつを勧める。

「わぁ～、これ、噂のドーナツですよね!!」

「噂?」

「はい!!　緑龍の村でしか食べれないアルラウネドーナツ!!」

「いつの間にそんな噂が……ま、まぁ食べてよ」

「はい!!　いっただきまーす!!」

フレキくんはため息を吐き、マカミちゃんではなく俺の隣に座った。

アセナちゃんも言っていたけど、フレキくんは彼女が苦手なのかな？

「んん、おいしいっ!!」

「よかった。お代わりもあるから食べてね」

「ふぁいっ!!」

むぐむぐと口を動かすマカミちゃん。

白く長い髪はクセがかかっており、ポニーテールにしている。服装は少し露出が多く、胸を覆《おお》うサラシに短いスカートだ。素材は獣の革みたいで、魔獣の爪や牙を加工したアクセサリーを付けている。

部屋の隅には矢筒と弓、短剣が置いてあった。

「ねぇフレキ、久しぶりに狩りにいこうよ!!」

「やめとく。というか言ってるだろ……ボクは君より力がないし、戦いには向いてないって」

「むー……いっつも言ってるけどさ、フレキってワーウルフ族の男でしょ？　狩りの一つもできないんじゃや、お嫁さんだってもらえないよ？」

「別にいいよ。ボクみたいな非力な人狼を好きになる女の子なんていないし。ボクは薬師になって、ワーウルフ族の村で細々《ほそぼそ》と暮らしていくからさ」

「そ、それじゃダメでしょーが!!　男なんだから、大物の一つや二つ狩って、村のみんなに認めてもらわないと!!」

「……別にいいよ、認めてもらわなくても。薬師としての腕は認めてもらえ始めたし」

「だ、だからぁーっ!!」

……これ、俺でもわかるぞ。

マカミちゃん、フレキくんのことが好きなんだ。というかフレキくん気付けよ。

そういえば、フレキくんから聞いたことあったな。

ワーウルフ族が求婚するには、大物を仕留めて、それを相手の家族に献上する必要があるって。

マカミちゃんがこんなに必死なのは、フレキくん自身が獲物を仕留めて、マカミちゃんの家族に献上してほしいからじゃないか？

だが、フレキくんは非力だから狩りも結婚も一生できないと諦めている。

「ああもう!!　フレキの大バカ!!　薬草バカ!!」

「や、薬草バカってなんだよ!!」

「うっさいこのヘッポコメガネ人狼!!　あんたなんか毒草でも食べて泡吹いちゃえ!!」

「え、縁起でもないこと言うな!!」

「うっさいアホーッ!!」

「あ、マカミちゃん!?」

マカミちゃんは窓から飛び出してしまった。

これは、どっちが悪いとかあるのかな……？　俺にはわからんよ。

「はぁ……やっと出ていった」

「フレキくん……」

フレキくんは疲れたように話す。

「マカミ、昔からボクに突っかかってくるんです。無理矢理狩りに連れていかれるわ、滝つぼに落とされるわ、猛獣の巣に投げ込まれるわ……はぁ～、ボクに突っかかってないで、さっさと結婚すればいいのに」

「………」

「マカミ、結婚相手ならいっぱいいるんです。求婚だって何度もされているはずなのに、なんで結婚しないんだろう……」

「………」

ふ、フレキくん……俺、フレキくんを初めて殴りたくなった。そんなのミュアちゃんだってわかるぞ。鈍《にぶ》い、鈍すぎる。どう考えてもマカミちゃんはフレキくんと結婚したいんだろうが。頭を悩ませる必要がどこにある？

「あ、あのさ……あ」

マカミちゃんの武器が置きっぱなしになっている。フレキくんも気付いたようだ。

「あ。マカミのやつ、武器を忘れてる」

「……うん。届けてあげようか」

「えっ、いいや、そのうち取りに来ますよ」

「ダメ。行くよ」

「ちょ、師匠!?」

マカミちゃん、どこに行ったのかな?

◇◇◇◇◇

「なーにしてんの?」

「へ?　……あ」

マカミはアシュトの薬院から飛び出したあと、無意識に解体場近くまで走ってきていた。

解体場で作業しているデーモンオーガの家族と、魔犬族の男三人がマカミを見ている。

そんな中で声をかけたのは、薄黒い肌にツノを持つ少女、ノーマだ。

「あっと、その……」

「人狼さんだね。あたしノーマ、よろしくね」

「あ、あたし、マカミ。よろしく……」

「で、どうしたの?　浮かない顔して」

歳が近い少女と知り合えて、ノーマは嬉しかった。

同年代の少女とお喋りする機会はあまりない。ミュディたちは年上だし、友達とは立場が少し違う。マカミも目の前にいるデーモンオーガの少女に、親近感を感じていた。

「初対面でこんなこと言うのもアレだけど……」

「どうぞどうぞ‼　あたし、けっこう聞き上手だよ‼」

「っぷ……ありがとう」

「にしし—。あ、ちょっと待って‼　おと—さ—ん‼　ちょっと抜けるね—‼」

父のバルギルドに許可を取り、ノーマはマカミを誘って近くの切り株に座った。

「で、どうしたの？」

「実は……幼馴染と結婚したいんだけど、そいつはあたしの気持ちに気付いてないの。それどころか、結婚する気もないみたいで……」

「ブッ⁉　そ、想像の斜め上すぎっ⁉」

なかなかへビーな相談に、ノーマは噴き出した。

気を取り直し、おずおずと続きを促す。

「け、けっこん……したいの……？」

「うん。あたしくらいの歳になると、みんな結婚するの。求婚もされているんだけど、あたしはフレキと結婚したいのよね—」

「………………」

「だから、フレキに頑張ってほしいの。うちの家族が納得するような大物を狩って、その……求婚してくれたらなぁ、って」

「お、おぉう……」

「はぁ～……どうしたらいいかなぁ」

「む、うぅ……」

ノーマにはキツい問題だ。そもそも彼女はまだ結婚についてなんて考えたこともない。

よって、回答も通り一遍《いっぺん》のものになる。

「あ、焦《あせ》らなくてもいいんじゃない？　まだ若いんだしさ、ゆっくり行こうよ。フレキを説得して狩りに連れていけば」

「んー……はぁ」

「あ、そうだ‼　ねぇねぇ、身体を動かせばいい案が出るかもよ‼」

「え？」

「ワーウルフ族って変身できるんでしょ？　気分転換に、あたしと森に散歩へ行かない？」

「……行く‼」

◇◇◇◇◇

俺とフレキくんは、マカミちゃんの装備を持って村を歩いていた。

うーん、どこに行ったんだろう？

「いないね……農園や工房は探したけど」

「師匠、やっぱり戻りましょう。別に探さなくても……」

「ん～……フレキくんは、マカミちゃんが嫌い？」

「え、いや、別に……嫌いではないです。でも、もう少し大人しくしてほしいというか」

「そっか……」

こういう時、どんなことを言えばいいかわからない。

ミュディとかローレライとかシェリーだったら、いいアドバイスができるんだろうけどな。俺はそこまで恋愛に詳しくないので申し訳ない。

村中を周ってマカミちゃんを探していると……

「あ、村長村長!! ちょっと来て!!」

「あれ、ノーマちゃん？」

ノーマちゃんが慌ただしい様子で駆け寄ってきた。

「ごめん、助けて!! 怪我しちゃったの!!」

「え」

この言葉に、俺の薬師スイッチが入る。横を見れば、フレキくんも顔つきが変わっていた。

フレキくん……やっぱりきみは、どこに出しても恥ずかしくない薬師だよ。

「ノーマちゃん!! どこを怪我したの!?」

ノーマちゃんの肩を掴んで全身を診察する。

「うひゃぁあっ!? ああ、あたしじゃないない!! マカミ、マカミが怪我したの!!」

「え……ま、マカミちゃん!?」

「う、うん。解体じょ――」

「解体場ですね!!」

「あ、フレキくん!?」

フレキくんが最後まで聞かずに飛び出した。

俺とノーマちゃんもあとに続き、解体場へ。

するとそこには、足をザックリ切って血を流しているマカミちゃんがいた。

バルギルドさんたちも集まり、心配そうに囲んでいる。

マカミちゃんはフレキくんに気付き、ばつの悪そうな表情を浮かべた。

「ご、ごめんフレキ……」

「黙って!! 動かないで」

「……うぅ」

診察はフレキくんに任せ、俺は状況をノーマちゃんに聞くことにする。

「何があったの?」

「その、一緒に散歩してたの。樹の上に登って、枝を伝《つた》いながらジャンプして……そしたら、マカミが落ちて……ごめん、マカミ、ごめん」

「ノーマは悪くない!! 滑《すべ》ったあたしが悪いの!!」

「二人とも落ち着いて。マカミちゃん、興奮すると出血が多くなるから、静かに」

「は、はい……」

俺はフレキくんの傍にしゃがみ込む。

「どう？」

「止血はしましたけど、傷が深いです。薬院に運んでハイエルフの秘薬を使います。あとは増血剤を」

「わかった。じゃあマカミちゃんを運ぼう」

俺はバルギルドさんに手伝いをお願いしようと顔を上げるが――

「マカミ、動かないでね」

「え、う、うん」

その前にフレキくんが人狼形態になり、マカミちゃんをお姫様抱っこした。

フレキくんは驚く俺に短く言う。

「先に行きます!!」

「え、あ」

返事をする前に、フレキくんは飛んでいった。比喩じゃなく、ジャンプしたら一気に見えなくなってしまった。

「す、すっご……あたしよりジャンプ力ある」

「この勢いじゃたぶん、薬院に行っても治療は終わっているな……」

急ぎ薬院に戻るが、案の定治療は終わっていた。

なんとなく、邪魔しちゃ悪い気がした。

診察室を覗くと、涙を流すマカミちゃんをフレキくんが慰めていたからだ。

ここで入るのは野暮かな。

「……まぁ、あの二人は大丈夫だろ」

さて、家に戻ってミュアちゃんの頭でもなでなでするか。

第十三章　マカミの想い

翌日、マカミの足は無事完治した。

現在彼女は、アシュトとフレキのいる薬院を窓からこっそり覗いている。

フレキはアシュトから薬草についての講義を受けていた。マカミにはわからないが、アシュトが手に持っている薬草を裏表ひっくり返しながら、何かを説明していた。

フレキは真面目な顔でメモを取っている。

「真面目だなぁ……ほんと、変わってない」

マカミは、どこか懐かしい気持ちでフレキを見る。

フレキが緑龍の村に来てからそれほど時間は経っていない。それに、何度もワーウルフ族の村に戻ってきては、ワーウルフ族の村に建てられた薬院で薬を作っている。

でも、やはり……フレキが村にいない時間は増えたし、会ったり話をしたりする時間も少ない。

非力な幼馴染の人狼。真面目で勉強好きな、薬師を目指す変わり者。それがフレキという少年。

そして――マカミが気になっている、男の子。

「なにしてんの？」

「ふわぁっ⁉」

いきなり背後から声をかけられ、驚いた。

振り返ると、そこにいたのはエルミナだった。

手には果物のバスケットを持っている。どうやら、アシュトへのお土産《みやげ》のようだ。

「あんた、マカミだっけ？　入んないの？」

「え、えっと……」

「よくわかんないけど、いい果物あるの。よかったら一緒に食べよ‼」

「は、はい」

エルミナがグイグイ来るので、思わず頷く。

エルミナはドアをバンバン叩き、返事も待たずに開けた。

「アシュト、果物持ってきたー‼　お茶にしましょ‼」

「エルミナ……お前な、ここは薬院だぞ。もう少し静かに」

「はいはい。誰もいないんだしいいでしょ別に」

「まったく……ん？　きみは」

「マカミ？　どうしたの、怪我でもした？」

アシュトとフレキがマカミの姿に気付いた。

「え、えっと……」

いきなりだったので、心の準備ができていない。

覗いていたことはバレていないが、ずっと見ていた恥ずかしさがあった。

すると、エルミナがマカミの背をポンポン叩く。

「あんた、フレキの幼馴染だっけ？　積もる話もあるでしょ？　ささ、座った座った」

そう言ってウィンクする。どうやら、フレキをチラチラ見て挙動不審だったことで察したようだ。

マカミはフレキをチラッと見て、小さく息を吐く。

「じゃあ、少しだけ」

「よし!!　果物を切るからアシュトはお茶の準備!!」

「はいはい……」

エルミナは、アシュトと仲良くお茶の支度を始めた。

自然な好意をこれでもかと見せて甘えるエルミナが、マカミには眩《まぶ》しく見える。

その時、フレキがマカミの視線を不思議に思い尋ねた。

「マカミ、どうしたの？」

「ん、別に……ねぇフレキ、エルミナさんってどう思う？」

「どうって、師匠の奥さんで、ハイエルフだけど」

「……まぁ、あんたはそういう風にしか見えないか」

「む、なんか引っかかるなぁ」

基本的にフレキは誰に対しても敬語だが、マカミには砕けた口調で話す。

一緒に育った幼馴染だから当然だ。

「ねぇ、フレキ……結婚ってさ、どんな感じなんかな」

「いきなりどうしたんだよ？」

「別に。あの二人を見てると、夫婦っていいなーって」

「……ふーん」

フレキは興味があるのかないのか、先程取ったメモを眺めている。

マカミはムッとした表情を浮かべ、フレキの隣に移動した。

「もう!! あたしと喋ってる時くらい、勉強のこと忘れてよ!!」

「わわっ、ちょ、メモ返せよ!!」

「ねぇフレキ、久しぶりに狩りに付き合ってよ。勉強ばっかりじゃ身体が鈍《なま》るでしょ？」

「嫌だよ!! ボクは薬師だから、狩りなんてしないよ!! マカミこそ、狩りばかりじゃなくて勉強しなよ!! 頭を使わないと簡単な計算すらできなくなるぞ!!」

「なにぃ!? それ、あたしのこと馬鹿だって言ってるの!?」

「マカミだって、ボクのこと貧弱って思ってるだろ!!」

「「ぐぬぬぬぬ……っ!!」」

顔がくっつくほど、睨み合う二人。その時、コホンと咳払《せきばら》いが。

「あー……その、お茶が入ったよ」

「ぷーくすくす。あんたらにハイエルフの言葉を教えてあげる。『喧嘩するほど仲がいい』……ふふ、あんたらみたいなのを言うのよね」

「「あ……」」

アシュトが苦笑し、エルミナも愉快そうに笑っていた。

そこで気付く。フレキはメモを取り返そうとマカミに抱きつくような体勢になっており、それを押しのけようとしていたマカミの手はフレキの胸に触れていた。

二人はたちまち真っ赤になり――ガバッと離れる。

「「…………」」

「え、えっと。うん、エルミナの持ってきたリンゴ、食べよう」

「甘酸っぱくて美味しいわよ～？　ふふふん」

「「い、いただきます……」」

二人は息ぴったりに答え、再び顔を赤くした。


リンゴをご馳走になって薬院から出たマカミは、逃げるように解体場へ向かい、近くの木によじ登る。

「うわー……あたし、めっちゃ恥ずかしい。昔はそうじゃなかったのに、今はもう無理……フレキ、けっこう逞《たくま》しくなってんじゃん。胸板も厚くなってるし、顔つきも凛々《りり》しくなってるし……うわー、うわー……あ、あたし、変じゃないよね？　あいつ、あたしの腕を掴んだけど……あたしの腕、太くなってないよね？」

マカミは、フレキに掴まれたところを擦ったりした。

まだまだ初心《うぶ》な彼女は、しばらくフレキのことを避けていたという。

第十四章　べたべたエルミナ

「あ〜しゅ〜とっ!!」

「うわっ!?」

「えへへ〜…………驚いた？」

「お、おお」

薬院で足りない薬を調合し、診察記録を入れた棚を整理していたある日のこと。

診察室にこっそり踏み込んできたエルミナが、背後から抱きついてきた。

「どうした？　怪我でもしたのか？」

「んーん。今日は仕事が休みだから、アシュトと一緒にいようと思って」

「そうか。じゃあゆっくりしていけ」

「うん!!　なんか手伝おうか？」

「お、じゃあ診察記録の整理を手伝ってくれ。最近掃除してなかったから……」

「まっかせて!!」

エルミナは雑巾《ぞうきん》を持ってきて、水に浸けて絞《しぼ》る。棚を拭いてくれるようだ。

診察記録には、住人がどんな病気や怪我をしたのかという詳細を記《しる》しておいている。

一応、全住人の診察記録を書類ケースに入れて、名前を書いて管理している。いつ、どこで、どんな状況で、どんな治療をしたかを書いて残しておけば、何かの役に立つのだ。

「へぇ～……種族ごとに棚を分けているのね」

「ああ。そっちのがわかりやすいだろ？　ちなみにハイエルフの棚はそっち。エルミナの診察記録もあるぞ？」

「お、私のね!!」

「ああ。飲みすぎや食べすぎで、整腸剤を処方した記録ばっかりだけどな」

「そ、そういうことは言わなくていいのっ!!」

「あはは。悪い悪い」

全ての診察記録を出し、棚を綺麗に拭いて、名前と種族順に収納し直す。

エルミナのおかげで早く片付けられた。

「ありがとな、助かったよ」

「奥さんだし当然よ!!　んふふ～♪」

「ったく、ほら、お茶にしよう」

ソファに座り、備え付けの茶器でお茶の用意をする。エルミナはカーフィーが苦手なので紅茶。

砂糖を入れてフェアリーシロップを垂《た》らす。

「ほら、アルラウネドーナツもあるぞ」

「やったぁ!!　アシュトの隣でいい？」

「もちろん。こっち来いよ」

「うん♪」

エルミナは俺の隣に座り、甘えるように身体を擦りつけてくる。そしてその状態でドーナツを齧《かじ》り、紅茶を啜る……小動物みたいで可愛い。

つい、甘やかしたくなってしまう。

「ん……」

頭をなでなでし、肩を抱き寄せ、エルミナの頭に頬を当てる。

いい匂い……こいつ、森みたいな爽《さわ》やかな匂いするんだよなぁ。

胸が腕に当たるが、エルミナは放すどころかもっと押しつけてくる。

「アシュト、今夜は？」

「もちろん。子供、欲しいんだろ？」

「うん。あのね、おじいちゃんが、子供が生まれたら名前を付けたいんだって。男の子ならルディ、女の子ならアイナって」

「ルディとアイナか……いいな。可愛いと思う」

「えへへ～……」

子供かぁ……エルミナとの子供だったらきっと可愛いだろうなぁ。

というか、俺が父親か……こんな言い方はアレだが、以前のエストレイヤ家みたいな、束縛だらけの子育てには絶対しない。子供はのびのび育てる。この村で立派に育てて、いずれはお嫁さんをもらって、俺もおじいちゃんに……うん、想像が捗《はかど》る。

「アシュト？」

「ん、ああ。悪い悪い、未来の光景が頭に浮かんでた……」

まぁ、今はエルミナとの時間を満喫しよう。

◇◇◇◇◇

「ふんふんふ〜ん、おふろおふろぉ〜♪」

夜。エルミナと一緒に村長湯へ向かい、脱衣所へ。

エルミナはバババッと服を脱ぎ、タオルを巻く。

「さ、背中は私にお任せ!!」

「ん、ああ」

「ん〜……やっぱり、もう少し鍛えた方がいいと思うわ」

「ほっとけ。どうせ虚弱《きょじゃく》だっつーの」

「龍騎士たちみたいにムキムキになれとは言わないからさー、もうちょっとこう……腹筋が割れるくらいは」

「腹筋……」

ランスローとゴーヴァンみたいな細マッチョを目指しているが、なかなか筋肉は付いてくれない。

そりゃウォーキングしかしてないしな。

ウォーキングに慣れたら筋トレも始める予定だ。肉体改造の道は険しいね。

お風呂でまったりしっぽりとしたあと、家へ戻ることに。

「さて、寝る前に少し飲むわよ!!」

「いいけど……飲みすぎるなよ」

「ま、そん時はアシュトにお任せ～」

「まったく……」

エルミナに出会えてよかった。これは俺の本心だ。

きっと、これからも幸せな日常は続く。

子供が生まれて、家族が増えて……考えただけでワクワクする。

さぁて、帰ったらお酒を飲もうじゃないか。

第十五章　ノーマの悩み

「結婚かぁ……」

デーモンオーガの少女ノーマは、ぼんやりとつぶやいた。

現在、狩りの真っ最中。巨大な水牛のような魔獣を相手に、ノーマは一人で対峙《たいじ》している。だが、彼女は考え事をしており、どうも集中していない。

『ブモォォォォォンンンッ!!』

「はぁ～……マカミはフレキと結婚したいって……それに比べあたしは」

ノーマは、持っていた双剣の一つを片手で投擲《とうてき》する。投げた剣はまっすぐ巨大水牛の眉間《みけん》に吸い込まれ、そのまま肛門から飛び出し、近くの木を何本か貫通してようやく止まった。

派手な音を立てて倒れる水牛。そこに、弟のシンハがやってきた。

「おいおいねーちゃん。仕留めるなら首を斬らねーと。血抜きが面倒だろー?」

「あ、やっぱ……まぁいいや」

「あっちでキリンジ兄ちゃんがでっかいオオトカゲを仕留めてたぜ。父ちゃんやおっちゃんたちも大物を狩ってたし、姉ちゃんもこんな小物じゃなくて、もっと大きなやつを狙わないと」

「そーねー……」

「……どうした、ねーちゃん？」

「別にぃー……はぁ」

「……？」

姉の様子がおかしいことにシンハは気付いたが、深く考えずに目の前の水牛を担ぎ上げると、そのまま行ってしまった。おかしな姉より獲物。それがシンハの考えである。

ノーマは剣を回収し、シンハのあとに続く。

最近、シンハの背が伸びてきた。

以前は斧を力任せに振るだけだったが、キリンジと一緒に龍騎士たちの訓練に交ざるようになって、戦い方も少し変化した。

武器に鎖《くさり》を付けて振り回したり、両刃の斧をドワーフに依頼してブーメランのように投げたりと、いろいろ考えているようだ。どうも、技の面白さに目覚めたようだ。

同様に、キリンジにも変化があった。

大剣を使うのに変わりないが、やみくもに振るのではなく、鋭さがあった。これも技術が向上したことによるもので、最近は図書館に通い、『兵法書』なる本を読んでいる。

「牛の丸焼き……いやいや、これは村に卸すやつ……うーん」

「……ねぇシンハ」

「ん、なに？」

「あんた、結婚とか考えてる？」

「は？」

「…………なんでもない」

「？」

シンハはまだ十歳。背は伸びてきたが子供も子供。今は己を磨くことで忙しいに違いない。

十六歳のノーマとは感性が違う。こんな話をしても無駄だろう。

合流場所に向かうと、巨大なトカゲと、頭を砕かれたワイバーンが転がっていた。

なぜかキリンジの父ディアムドが妻のネマに叱られている。

「まったく。ワイバーンをこんなメチャクチャにしちゃって……血抜きがしにくいったらありゃしない」

「す……すまん」

「力任せに叩き割るのはやめなさい。いいわね」

「……あ、ああ」

どうやら、ワイバーンの頭を潰したことで怒られているようだ。

ノーマは、ネマを見て考える。自分の想いの相談役にこの人はピッタリなのではないか。

実母のアーモに話すには少し恥ずかしい。ノーマは、ネマに相談することに決めた。

「おとーたん、怒られてるの」

「……ああ」

キリンジの妹エイラは、なぜかノーマの父バルギルドによじ登り、ツノを掴んでいた。

ツノが『かっこいい』らしく、最近はバルギルドによじ登るのが好きなのだ。

エイラの扱いに困るバルギルドに、少し寂しそうなディアムド。それを見て笑うアーモとネマ。

キリンジは、シンハと一緒に魔獣を見ていた。

「ワイバーンか。確か爪と牙が素材になる。回収したらドワーフ工房に持っていこう」

「兄ちゃん、肉は？　肉肉!!」

「肉は村の冷蔵庫」

「ちょっとくらい食べてもいいいんじゃねー？」

「ダメだ。つまみ食いは禁止」

「ちぇー」

ノーマは、シンハの頭をがしがし撫でるキリンジを見つめていた。

◇◇◇◇◇◇

仕事が終わり、家に帰ろうとするネマをノーマはこっそり呼び止めた。

「あの、ネマさん」

「ん、どうしたのノーマ？」

「えっと、少し相談が」

「……うん、いいよ」

何かを察したのか、ネマは理由を聞かずに頷く。

二人が向かったのは、解体場にある休憩小屋。中には冷蔵庫や椅子テーブルがある。

ネマは冷蔵庫から果実水の瓶を二つ出し、一本をノーマに渡して椅子に座った。

「で、悩みごとかな？」

「は、はい」

「ふふ、若いねぇ……」

ネマは瓶の蓋《ふた》を開けて豪快に飲む。

その所作がノーマには格好良く見える。彼女にとって、ネマは頼れるお姉さん的な存在だ。

「実は……」

ノーマは、自分の抱える悩みを相談した。

自分と同い年の少女が結婚を考えていること。自分も彼女を見習い、そういうことを考えなければならないのか、という不安。でもまだ結婚の意志はないということ。それらが混ざり合い、どうしたらいいかわからないということ。

話を聞いたネマは真剣な表情になる。

ノーマは果実水の瓶を開けずに握ったまま黙っていた。

「……なるほどね」

「あたし、結婚なんてまだ考えてないし……」

「ふむ、ノーマは焦ってるのね。同い年の子が結婚に前向きで、自分はそんなことも考えずに毎日を過ごしているから」

「焦り、ですか？」

「うん。私から言えるのは一つ。結婚なんて個人の自由、したい時にすればいいし、したくなければしなくていい。女一人でのんびり生きるのもいいし、子供を産んでお母さんになるのもいい。でもね、焦っちゃだめ。どんな選択をするのもいいけど、しっかり考えて、自分で決めるの」

「……」

「私は、自分で決めたわ。ディアムドは兄だったけど、私を本当に大事にしてくれる。結婚したのだって三十歳頃だしね」

「え、さ、さんじゅう？」

「そうよ。こう見えて、歳は五十近いんだから」

馬鹿な、とノーマは思った。

引き締まったスタイル、野性味がありながらも整った容姿。どう見ても二十代半ばにしか見えない。

「アーモだって同じくらいよ？　というかノーマ、二人の歳いくつだか知ってるの？　あの二人だって、結婚して子供を産んだのは三十を超えてからよ」

「う、うそ」

「ほんと。だから、焦らなくていいの。人は人、自分は自分よ」

自分で決める。

ノーマは改めて考え、自分の意志を確かめるように言葉を発した。

「あたし……まだ、結婚とか考えられません。村での生活は楽しいですし、お父さんやお母さんと一緒に、ようやく故郷って言える場所に住むことができたし……もう少し、家族の家で楽しく暮らしたいです」

「ほら、それが答えじゃない」

「あ……」

「焦らなくていいの。それに、うちのキリンジも同じこと考えてるだろうしね」

「え」

「ふふ、お嫁に来るのはまだ早い、ってこと」

「んなっ⁉　い、いえその、キリンジは関係ないといいますか」

「あっははは‼　ノーマとお酒が飲める日、楽しみにしてるわ」

言葉を失ったノーマは、持っていた果実水の蓋をようやく開け、中身を一気に飲み干した。

第十六章　ディミトリとアドナエル

ディミトリ商会。

魔界都市ベルゼブブに本店を構え、オーベルシュタイン領土にある町や村にいくつもの支店を置く一流商会である。創設者にして会長のディミトリは、今日も執務室で書類にサインをしていた。

「フゥ……忙しいですネェ」

オールバックの髪。手入れを欠かさない口髭《ひげ》と顎髭《あごひげ》。スラリとした体型は頼りなくも見えるが、その姿勢の良さから、育ちがいいことを思わせる。

礼儀作法も完璧なことから、社交界では『闇の紳士』と呼ばれている。既婚者であり子供もいるが、女性からの人気はとても高い。

そんなディミトリは、高級な革張りの椅子に寄りかかり、カーフィーを飲む。

少し温《ぬる》くなり、苦みも強い。だが、この苦みがディミトリは好きだった。

「そういえば……ここしばらく、仕事が忙しくて行ってませんネェ」

カップを置き、視線を戸棚に向ける。

ガラス張りの戸棚には、エルダードワーフが作ったダマスカス鋼《こう》製の置物があった。これは、『いつもお酒をくれるから』という理由で、アシュトからもらったものだ。

オーベルシュタインでもあまり見かけないエルダードワーフ。さらに希少なダマスカス鋼で作られた置物など、このベルゼブブでも二つとない。

今でこそエルダードワーフとは何度も取引しているが、それはあくまで緑龍の村を介しているから。ディミトリだけだったら、気難しいエルダードワーフは相手にしてくれないだろう。

アシュトだからこそ、エルダードワーフと取引ができるのだ。

「ふむ……」

ディミトリは、デスクの上にあるベルを鳴らす。すると転移魔法で一人の女性が現れた。

黒髪、赤い目を持つ真面目そうな女性だ。名前はリザベル。ディミトリの娘にして秘書であり、今は緑龍の村で、ディミトリ商会の支店を営業している。

リザベルは、メガネをくいっと上げた。

「お呼びでしょうか、会長」

「エエ。ワタクシの予定を確認します。明日、明後日はどのようなスケジュールで？」

「明日からは、緑龍の村の視察ですね」

「エエエッ!?　そそ、そんな予定でしたっけ？」

「はい。最近、緑龍の村に顔を出していないことを気にし始める頃合いだと思ったので、諸々のスケジュールを変更して、二日間ほど視察に当てました」

「…………」

ちょうどよすぎるタイミング。嬉しいことは嬉しいのだが、何もかも娘に見透かされているようで、ディミトリとしては複雑な気分だった。

「ま、マァよしとしましょう。さて!!　久しぶりにアシュト村長にご挨拶をして……おっと、贈りものも用意せねば!!」

「あ、ちなみに『アドナエル・カンパニー』の社長も視察に訪れます」

「何ィィィィィィ!?」

「こちらもいいタイミングのようで」

「クッ……おのれ、アシュト村長を惑わす白き天使め‼　リザベル、極上のワインを用意しなさい‼」

「すでに準備してます。会長」

「……よ、ヨシ‼　では、今日の仕事をさっさと終わらせて、緑龍の村へ行きましょう‼」

ディミトリは、残った執務をとんでもない速度で終わらせた。

◇◇◇◇◇◇

翌日。ディミトリは、新品のスーツを着て緑龍の村へ。

さっそく、アシュトのいる薬院へ向かった……が。

「…………」

「…………」

薬院のドアに手を伸ばしたところで、最も会いたくない人物と出会った。

「あ、アドナエル社長。アナタ、ここに何か用事ですかネェ？」

「フフ～ン……ディミトリ会長さんヨォ‼　あんたこそ、怪我でもしたのかい？　ここは薬院。怪我人や病人が来るところだゼェ～？」

相変わらずうっとうしい喋り方である。ディミトリはゴホンと咳払い。

「本日は、ディミトリ商会の会長として、アシュト村長に会いに来たのですよ。申し訳ございませんが、アナタの相手をしている暇はありませんので」

「オォ～ゥ、そりゃこっちのセリフだぜ？　オレもアシュトちゃんに用事があって来たんだヨォ!!」

「なら、ワタクシのあとにしなさい。ワタクシが先でした」

「ノゥノゥ!!　どう見てもオレが先だったぜェ？」

「いえ、ワタクシです」

「ノゥノゥ、オレだぜェ～？」

「ワタクシです」

「オレだぜェ？」

「ワタクシです!!」

「オレだぜェ～!!」

「「ぐぬぬぬぬぬぬ……ッ!!」」

至近距離で睨み合う二人。まさに、天使と悪魔……いや、犬猿の仲である。

その時、薬院のドアが開き、デーモンオーガのバルギルドとディアムドが現れた。

「「やかましいわ!!　村長の仕事を邪魔するな!!」」

「「ヒィイイイっ!?」」

たまたま来ていたデーモンオーガの強面《こわもて》二人に怒鳴られる二人だった。

そして、ドア越しにアシュトがいた。

「……久しぶりに来たと思ったら、何やってんだよ」

◇◇◇◇◇◇

ようやく薬院に入ることが許された二人。

ミュアを呼び、お茶を淹れてもらう。

アシュトはソファに座り、ディミトリとアドナエルに向かって微笑んだ。

「二人とも久しぶり。仕事、忙しいみたいだな」

「え、エエ。まぁ……」

「う、ウムぅ……」

アシュトは笑っているのだが、アシュトの後ろで腕組みをしているバルギルドとディアムドが恐い。

ディミトリは咳払いし、頭を切り替える。

「こほん。アシュト村長、お久しぶりですな。いいワインが手に入りましたので、我々の明るい未来に乾杯をと思いまして」

「ワインかぁ。いいね」

ディミトリはリザベルが用意した赤ワインを魔法で取り出す。すると、アドナエルが割り込んだ。

「赤ワインもいいけど、白ワインもどうだい？　天空都市へイブンで育てた極上のブドウで仕込んだ、とっておきのワインを持ってきたゼェ～？」

「なっ、アナタ!!　今はワタクシが話をしている最中でしょう!!」

「オォ～ゥ？　そうだったかナァ～？」

「キィィィィィッ!!」

と、ここで強烈な殺気。バルギルドとディアムドが二人を睨んでいた。

二人は一瞬で争いをやめ、互いにボソリと言う。

「きょ、今日だけ、この瞬間だけ、いがみ合うのはナシで……」

「お、オゥ……オレも、命は惜しいゼェ」

互いにコクリと頷き、赤ワインと白ワインのボトルをテーブルへ。

アシュトはそれを見て、ミュアを呼ぶ。

「ミュアちゃん。シルメリアさんに、おつまみをお願いしてもらっていいかな？」

「にゃあ。わかったー」

グラスを用意し、アシュトは思いついたように言う。

「そうだ。せっかくだし、ディミトリは白ワイン、アドナエルは赤ワインを飲んでみたら？　俺は両方、少しずつもらうからさ」

「「え……」」

嫌そうにする二人……すると、バルギルドとディアムドの眼がギョロリと光る。

「そ、そうですネェ!!　たまには真っ白なワインもいいですネェ!!」

「オ、オォ〜ウ‼　真っ赤なワインもたまにはいいゼェ？」

互いのグラスにワインを注ぎ合う。アシュトは二つの小さいグラスに赤ワインと白ワインを注ぎ、ついでに後ろに立っているバルギルドとディアムドにもグラスを用意して渡した。

ミュアが、おつまみのお皿を持ってきたので、乾杯する。

「じゃ、かんぱーい」

「か、乾杯……」

ディミトリはワインを飲む……そして、つい口走ってしまう。

「ほう、これはなかなか……」

「こっちもイケるぜ……深く、まろやかな赤、いいネ」

つい、顔を合わせて賛辞を送ってしまい、すぐに視線を逸らした。

なんだかんだで似た者同士。アシュトはそう思い、赤ワインと白ワインを交互に飲んだ。

第十七章　デーモンオーガの誕生会

デーモンオーガのバルギルドは、自宅の戸棚に置いてある一本の酒瓶を眺めていた。

「ふむ……」

用があって薬院を訪れた際、帰り際にディミトリからもらった高級酒。

それは極上のブランデーで、一本の価格で屋敷……とまではいかないが、小さな家を建てられるぐらいの値段らしい。さすがに、普段飲みで消費するには惜しい高級品だ。

もらったはいいが、どうしようか。

そこに、妻のアーモが戻ってきた。どこかしっとり濡れているのは、浴場から帰ってきたからである。

アーモは、戸棚の前で腕組みするバルギルドを見た。

「バルギルド、何見てるの？」

「ん、ああ。ディミトリからもらった酒だ」

「へぇ～、飲むの？」

「ああ。だが、相当な高級品らしくてな……すぐに飲むのはもったいないというか」

「じゃあ、お祝いごとがあればいいの？」

「祝いごと……何かあるか？」

「ん｜……」

アーモは考え込み……ポンと手を叩く。

「ねぇ、シンハとノーマだけど、あの子たちの誕生祝い、やらない？」

「誕生祝い？」

「ええ。この村に来る前はそんなことできなかったでしょ？　オーガ族の風習、覚えてる？　誕生祝いで子供たちに魔獣の肉を食べさせて、とびっきりのお酒で乾杯するの。子供たちにはお酒はまだ早いから、果実水だけどね」

「そういえば、そんな風習があったな……」

今でこそ緑龍の村に住んでいるが、かつてバルギルドたちはオーガ族の村の片隅で暮らしていた。

自分たちがデーモンオーガという強者だったがゆえに恐れられ……追放されてしまったが。

オーガ族の村では誕生祝いに魔獣の肉を振舞い、高級酒を飲むというのがあった。

アーモはさらに続ける。

「どうせなら、ディアムド一家も巻き込んじゃいましょう。子供たちには内緒で、大人だけで狩りに行くってのも新鮮じゃない？　まだ、あの子たちじゃ相手にできない魔獣もいるし……どう？」

「……うむ」

バルギルドは、ちょっとだけ微笑む。

あまり表情が変わらず、感情が読み取りにくい男だが、妻であるアーモにはわかった。バルギルドも楽しんでいるのだと。


さっそく、バルギルドとアーモは隣の家へ。

ドアをノックすると、ディアムドの妻ネマが出てきた。

「はいはーい。あら、どうしたの？」

「……話がある」

「ええ、いいわよ。子供たちは――」

「いや、オレたちだけで話したいことがある」

「？　……いいけど、どうしたの？」

首を傾げるネマ。

そこに、なぜかエプロンを付けたディアムドが出てきた。どうやら肉を焼いていたらしい。

「む……入れ」

「ああ、邪魔をする」

「悪いわね、手土産もなしに」

「そんなのいいわよ。ささ、入って入って」

バルギルドたちが座ると、ディアムドはステーキを出した。

なぜディアムドが調理しているのか。理由は簡単、ネマが取っておいた酒を飲んでしまった罰らしい。あまり深く突っ込むとディアムドの機嫌が悪くなるので、それ以上は何も言わなかった。

アーモはネマに聞く。

「キリンジたちは？」

「龍騎士団のところで訓練してるわ。どうも騎士の剣術にハマったみたいでねぇ……エイラはエイラで、村の子供たちと遊んでいるわ」

「なるほどねぇ」

ちなみに、訓練にはシンハも参加している。

ノーマはエイラに付き添って、村の子供たちと遊んでいた。つまりここには、デーモンオーガの大人しかいない。

ディアムドがエプロンを外し、ネマの隣に座った。

ネマは、ディアムドが焼いたステーキをバルギルドたちに勧める。

「さ、せっかくだし食べて……あ、お酒も出すわね。ふふ、ディミトリからいいお酒もらったのよね」

「む、むぅ!? ネマ、それは」

「……なにか？」

「む、むぅぅ」

酒をディミトリからもらったのはディアムドだ。

だがネマがにっこり微笑むと、ディアムドは黙ってしまう。秘蔵の酒を飲まれた恨みは深い。

立ち上がろうとしたネマをバルギルドが止める。

「待て、まさにその『ディミトリからの酒』で話があるんだ」

バルギルドはそう切り出し、オーガ族の風習について説明した。

ディアムドとネマは感心したように頷く。

「なるほど、誕生祝いね……ねぇディアムド、最後にやったのっていつだっけ？」

「……エイラが生まれた時だ」

「そっかー……住処を転々としていたし、お祝いなんてやってないわね」

アーモはステーキを食べながら言う。

「それで、私たちで獲物を狩って、子供たちの誕生祝いをやらない？　いつもは子供たちに狩りを教えながらやるけど、たまには、私たちだけで大物を狩るのもアリじゃない？　……ん、美味しいわね、この肉」

「……いいわね」

アーモとネマはニヤリと笑う。

バルギルドは無言で頷き、とりあえず今ここで高級酒が飲み干されることはないとわかったディアムドはこっそり安堵の息を吐いた。

こうして、デーモンオーガ両家で『大人の狩り』が行われることになった。

◇◇◇◇◇◇

翌日。家族での狩りはお休みだと伝えると、子供たちは遊びに出掛けた。

大人たちは装備を整え、子供たちに見つからないように村の外へ。

狙う獲物は、すでに決めていた。

「あの鳥肉の住処へ行くぞ」

鳥肉。

正確には『怪鳥フレスヴェルグ』という、オーベルシュタインでトップクラスの巨体を持つ鳥だ。

その存在は、ベルゼブブで悪い意味で伝説となっている。

過去、フレスヴェルグに滅ぼされた集落は一つや二つではない。

そんな恐ろしい魔獣を、デーモンオーガの四人は『鳥肉』と呼んで狩ろうとしていた。

「まだ、あいつらには早い。だが……オレたちだけで狩るというのも面白い」

「ああ。ふふ、たまにはこういうのもいいだろう」

バルギルドとディアムドは嬉しそうだった。

二人は、金属製の籠に巨大な石を何個も入れて背負《せお》っていた。アーモとネマはエルダードワーフに作ってもらった巨大な鎖の束を持っている。

アーモは、首をコキコキ鳴らしながら言う。

「さ、一時間で行くわよ。帰りは荷物が増えるし、家に戻ったら調理もあるし……さっさと終わらせましょ」

狩りに行くことは子供たちに内緒。

誕生祝いをすることも知らせていない。今日中にフレスヴェルグを狩り、緑龍の村に持って帰り、調理をする。

伝説レベルの魔獣を、半日ほどで始末し調理する……普通ならあり得ない。

だが、デーモンオーガの四人は全員余裕の表情だった。

「バルギルド、ディアムド。ちゃんと付いて来なさいよ‼」

「お先にっ‼」

アーモとネマは、とんでもない速度で走りだした。

バルギルドとディアムドも負けじと走る。

まるで、子供が生まれる前の若い頃に戻った感覚――四人はどこまでも楽しんでいた。

◇◇◇◇◇◇

巨大な塔、ではなく巨大で細長い岩。その頂上にフレスヴェルグはいた。

巣には藁ではなく、大量の魔獣の骨が敷き詰められている。その上で、フレスヴェルグは身体を丸めていた。

その外見を一言で表すなら、巨大な鷲《わし》。だが、体毛は真っ黒で、闇に紛《まぎ》れると姿を見つけるのは至難。

腹が減ったら食い、眠かったら寝る。そんな生活を続けて数百年……フレスヴェルグはいつも通り、腹が減ったので獲物を探しに出かけようと、翼を広げた。

「――見つけたぞ」

どこからか、そんな声が聞こえた。

視力はもちろん、聴覚も発達しているフレスヴェルグは、すぐにその声の主を見つけた。

褐色《かっしょく》の肌を持つヒト。だが……ただのヒトではない。

ヒトの一人が、背負っていた籠から巨石を取り出す。

「あまり得意ではないが……」

そう呟いた瞬間、フレスヴェルグの毛が逆立った。

顔の横を、何かが通過した。それがヒト——バルギルドが投げた巨石だと理解。

本能的にフレスヴェルグは翼を広げて飛び立つ。

そして反撃するべく、滑空《かっくう》するようにバルギルドの元へ。

「アーモ、行ったわよ!!」

「はいはーいっ!!」

フレスヴェルグの左右から、巨大な鎖が飛んできた。

ギョッとするがもう遅い。鎖が翼に絡みつき、飛ぶことができなくなる。

鎖を解こうとバタバタ暴れるが……すでに遅かった。

「すまんな、これも自然の摂理——弱肉強食というやつだ」

そう聞こえた瞬間、フレスヴェルグの意識は消失した。

◇◇◇◇◇◇

その日の夜。

ジュウジュウと、肉の焼ける音がする。

解体場では、内臓の処理をして羽を毟《むし》られた巨大な鳥が、豪快に燃えていた。

さらに、テーブルには高級酒が並んでいる。

シンハ、ノーマ、キリンジ、エイラはポカンとしていた。

「え、なにこれ……母ちゃん」

「お、お父さん、これどうしたの？」

シンハとノーマの疑問に、アーモが答えた。

「誕生祝いよ。しばらくやってなかったでしょ？」

キリンジは、納得したように頷く。

「なるほど……父さんたち、オレたちに内緒で狩りに出掛けたんだ」

「む、むぅ……まぁ、そういうことだ」

「わー!!　お肉なの!!」

エイラは、轟々《ごうごう》と燃えるフレスヴェルグ（だったもの）を見て大喜び。シンハも興奮しだし、
ノーマは肉の焼ける匂いにゴクリと喉を鳴らす。

バルギルドはようやく酒瓶の蓋を開け、大人たちのグラスに注ぐ。ちなみに子供たちは果実水だ。

「今日は腹いっぱい食え。そして、大きくなれ……乾杯」

フレスヴェルグの肉はとても美味で、残ったのは骨だけだったという。

高級酒も、子供たちの笑顔を見ながら飲むとさらに美味い。

バルギルドは、この酒をくれたディミトリに感謝しつつ、明日も頑張ろうと夜空を見上げた。

第十八章　ミュディと過ごす一日

深夜。俺はエルミナと酒を飲みながら、まったり話していた。

話題はミュディの作る服のこと。村人の着る服のデザインは、ほとんどミュディが考えている。

俺が温室の手入れや薬院で薬の調合をしている間、ミュディは製糸場で服を作っている。最近はアクセサリーのデザインなんかも始めたようだ。

そういえば最近のミュディ、仕事ばかりで忙しそうにしているな……そうポツリと呟いたら、エルミナがこんなことを言った。

「なら、二人で釣りにでもいけば？」

「釣り？」

「うん。のんびりできるし、釣った魚をお昼にすれば美味しいわよ。『森の遊技場』にある桟橋で釣りして、魚を焼いて食べるの。私、メージュたちとよく行っているわ」

「なるほど……」

釣りか……ミュディ、釣りなんてできるのかな。

でもいい気分転換にはなりそうだ。よし、誘ってみるか。

「ありがとな、エルミナ。いいことを聞いた」

「ふふん。どういたしまして」

さすが、村で最高齢のエルミナ……と言ったら、思いきり叩かれた。

◇◇◇◇◇

数日後。俺とミュディはアスレチックガーデンのある湖にやってきた。

エルミナにアドバイスをもらった翌日、さっそくミュディを釣りに誘った。答えはもちろん了承。

当日になったらミュディはお弁当を作り、俺はエルミナから釣り道具一式を借りた。

「ミュディ、釣りしたことあったっけ？」

「うーん、子供の時にアシュトと一緒にしたことあったじゃない？　あの時だけかなぁ」

「ああ……シェリーが川に落ちて、逆恨みで俺も引き込まれた時だっけ」

「そうそう。わたしは逃げたから無事だったけど、二人ともびしょ濡れで、リュドガさんに怒られたんだよね」

「よく覚えてるな……」

記憶力には自信があるけど、ミュディは子供の頃の思い出を俺より覚えている。

ミュディの今日の服はとても可愛らしかった。自分でデザインした白いワンピースに自分で編んだ麦わら帽子、手には自分で作ったバスケット……おいおい、全部自分で作ったやつだよ。

バスケットや麦わら帽子も編み物の一つとか言って、作れそうなのはなんでも挑戦しているらしい。大したもんだ。

「えーと、荷物を置いてさっそく始めるか!!」

「うん。いろいろ教えてね」

「ああ!!」

休憩小屋に荷物を置き、さっそく桟橋へ。

いつもは数人のハイエルフやエルダードワーフたちが釣りをしているんだが、今日は誰もいない。もしかしたら、エルミナが気を利《き》かせてみんなに邪魔をしないように伝えたのかも。

エルダードワーフ特製の折り畳み椅子を準備し、エルミナから借りた釣り道具入れの木箱を開ける。中には、ディミトリの館で買った巻き取り式リールや、俺の知らない道具が入っていた。今更だがエルミナ、かなりの釣り好きだ。

「難しい道具は使わないで、シンプルにいこう。ロッドに糸と針と重りを付けて投げるだけ。簡単だろ？」

「うん。わたしでもできそう」

ロッドには、キングシープの羊毛で作った糸と、エルダードワーフが作った針と重りとウキを付ける。もちろんロッドもエルダードワーフが加工したもので、そう簡単には折れない特別製。

エサは畑で見つけたミミズ。これは事前にエルミナが準備してくれた。

「エサはミミズなんだけど、大丈夫か？」

「大丈夫だよ」

意外にも、ミュディはミミズを素手で掴んで針にブッ刺していた。

俺は温室や畑の手入れをするからミミズは慣れっこだけど……ミュディも怖がらないとは。

あとで知ったが、製糸場では蚕《かいこ》の世話とかもするらしい。虫系は平気なミュディでした。

さて、準備ができたので投擲だ。

「いいか、竿を右手で掴んで、エサの付いた針を掴んで引っ張り……竿をしならせて、そのしなりを利用して飛ばす!!」

「わぁ……っ!!」

仕掛けは十メートルほど先まで飛んで着水。ウキがプカプカ浮いているのが見えた。

「よーし、わたし……もっ!!」

「おお、やるじゃん!!」

ミュディも投擲。俺のウキから五メートルほど離れた場所に着水。

あとは待つだけ。竿を固定する棒に乗せ、折り畳み椅子に座る。

これからが本番、ゆっくりまったり待ちますか。

◇◇◇◇◇

数十分後……未だにアタリはない。

でも別にいい。魚が食べられたら嬉しいが、メインはミュディの弁当だからな。

それに、楽しみは別のところにもある。

「アシュト、クッキー食べる？　釣りをしながらでも食べられるお菓子を作ってきたの」

「食べる食べる。さっすがミュディ」

ミュディは、小さなバスケットを開けると、中にカラフルなクッキーが入っていた。すごい、マーブル模様のクッキーなんて初めて見た。

「さ、めしあがれ」

「いただきまーす!!　……うん、美味い!!」

焼き立ての味がする。弁当だけじゃなくて朝からクッキーまで作るとは……

甘いクッキーはもちろん、果物の果肉入りクッキーやドーナツもあった。すごい、おやつだけで満足しそうだ。

しかも、エルダードワーフ印《じるし》の水筒にカーフィーが入っている。甘いお菓子ばかりなので、苦いカーフィーがこれまた美味い!!

「うーん美味い!!　さすがミュディ!!」

「ふふ、満足してもらって——アシュト、引いてる!!」

「うん、引いて……え!?」

なんと、俺の竿が引いていた。

慌てて竿を掴んで気付く。

「お、おい!!　ミュディの竿も引いてる!!」

「えぇえっ!?　ど、どうしようアシュト!!」

「お、落ち着け、落ち着いて竿を持て!!」

甘〜い空気は一変。ダブルヒットで大慌てだ。

俺の引きは強い。かなりの大物だ。

ミュディも強いのか、竿を掴む手がプルプル震えている。

こうなったら、短期決戦だ。俺は全力で竿を——

「やぁぁぁぁぁーッ!!」

「え」

ミュディが思いきり竿を引き……巨大な魚を一本釣りした。

◇◇◇◇◇

さすがに凹《へこ》む。

俺の竿はというと、糸が切れて獲物を逃がしてしまった。

大物を釣ったあと、ミュディは再びエサを付けて投擲。すると、ものの数分でヒット、俺はまったく釣れないのに、ミュディの竿にはよく魚がかかる……

「…………」

「あ、あはは……お、お昼!!　お昼にしよう!!」

「……うん」

「釣った魚も捌《さば》くから、アシュトは火を準備して!!」

「……はーい」

さて、いつまでも落ち込んでいられない。

俺たちは休憩小屋に戻り、バーベキューの準備をする。

釣った魚は網焼きだ。魚の名前はわからんが、焼けば食えるだろう。エルミナも釣った魚は全部食べられるって言ってたし。

火を起こし、魚を下処理して焼く。たったそれだけなのに、なんでこんなに美味そうな匂いがするのだろうか。

「うん、いい感じ……」

「お、美味しそう」

ジュウジュウといい音がする。

やがて魚が焼き上がり、ミュディのお弁当と一緒に広げる。

「おお!! サンドイッチか!!」

「いっぱい作ったから食べてね」

「ああ。いただきまーす!!」

サンドイッチも、焼き魚も絶品でした。腹が苦しい。

お腹も膨れ、午後は日光浴をする。

湖沿いにシートを敷き、ミュディと一緒に寝そべる。

陽の光と風が心地よい。俺はミュディの手を握りしめ、そっと抱き寄せた。

「気持ちいいな……」

「うん……」

喋らなくても、この時間だけでよかった。

手が触れ合うだけで幸せ。傍にいてくれるだけで幸せ……そういった幸福が、俺とミュディを満たしている。

「アシュト、今日はありがとう」

「ん？」

「釣り、楽しかった」

「俺は釣れなかったけどな……」

「ふふ。今度はみんなを連れてこよっか。子供たちも……」

「ああ。そうだな。それと、いつかは俺たちの子供も……」

「あ……うん」

幸せだ——今が人生最高の瞬間かもしれない、とさえ思う。

でも、俺の人生はまだまだ続く。

最高の瞬間は、きっとこれから先もたくさんある。

第十九章　種族ごちゃまぜ女子会

ハイエルフ女子会。ハイエルフという名前ではあるが、正確には種族ごちゃまぜの女子会だ。

発端《ほったん》は、結婚前のエルミナが村に来たハイエルフたちを集め、宴会場を使ってパーティを始めたことだった。今は村の全種族の女子があつまり、お菓子やお酒を持ち寄ってパーティをしている。

ハイエルフはもちろん、ハイピクシーたちやエルダードワーフの女性、サラマンダー族のメスや、村に働きに来ている天使族《エンジェル》や悪魔族《デヴィル》もいる。

ここでのルールは一つ。男子禁制ということだけ。

そして、今夜も女子会の幕が開かれる。

◇◇◇◇◇◇

エルミナ、メージュ、ルネア、シレーヌ、エレインのハイエルフ五人とミュディが、一つのテーブルに集まってフリートークをしていた。

テーブルにはミュディの作ったお菓子や酒瓶が並び、六人はすでにほろ酔い気分を味わっている。

あまり酒を飲まないミュディも今日は飲んでいた。

「あ～……アシュトってばケチなのよぉ。今日は女子会やるっていってたのに、酒の一本もよこさないでぇ～」

エルミナは酒瓶を掴んでラッパ飲み。ちなみにこの酒はメージュが持ってきたものだ。

酒は三十日に一度、住人に配られている。アシュトは相手が妻だろうと贔屓《ひいき》はしない。すでに今月の分を飲み干したエルミナはアシュトにおねだりしたが、あっけなく断られたことを愚痴る。

「まぁまぁ。わたしのお酒でよかったら飲んでいいからね、エルミナちゃん」

「ありがとミュディ～」

「ふわぁ～」

エルミナはミュディに抱き着き、そのまま床にコロンと転がった。椅子テーブルではなく座卓なので、転がっても問題ない。

ミュディはけっこう酔っており、なかなか起き上がらなかった。これはまたとないチャンスとばかりに、ルネアが聞いた。

「ねぇ、最近どう？」

「んん～？　なにがぁ？」

「なにがですぅ？」

「村長とえっちなことしてる？」

「「ブーッ!?」」

「まぁまぁ!!　ききき、気になりますっ!!」

メージュとシレーヌが噴き出し、エレインは目をキラキラさせた。

ミュディとエルミナは抱き合ったまま顔を合わせ、動じることなくのんびりと言った。

「そりゃもう。あいつってば最近体力付いてんのか、一回や二回じゃ終わんないのよねぇ〜」

「うんうん。アシュトと一緒にお風呂入ると、いきなり抱きしめられてぇ〜」

「ストップストップ!!」

メージュが話を切り上げさせ、ルネアをヘッドロックした。

「そ、そういうナマっぽい話はいいの!!　夫婦なんだし!!」

「め、メージュ……痛い、苦しい」

「やっぱ激しいんだねぇ……大人しそうな人ほど豹変するってかぁ」

「す、素敵、村長ステキです!!」

エルミナとミュディは……抱き合ったまま眠っていた。

◇◇◇◇◇◇

シェリーはクッキーを齧りながらノーマの話を聞いていた。

「ふんふん。結婚ねぇ……」

「その、シェリーさんから見た、村長たちの新婚生活はどうなのかなーって」

「あ、あたしも気になります!!」

シェリーの話を聞くのは、女子会初参加のマカミだ。

マカミは様々な技術を学ぶため、妹と一緒に緑龍の村に移住した。現在はミュディから裁縫を習い、空いた時間はデーモンオーガの狩りに参加している。

また、フレキの農園整備の手伝いや、薬院でアシュトに薬草の知識を習ってもいた。

シェリーは、ワインを飲みながら言う。

「新婚って言っても、普段とあまり変わらないように見えるなぁ」

「じゃ、じゃあ。その、夜の生活は?」

「あ、あたしも気になるというか……」

ノーマとマカミはドキドキしながら聞く。

シェリーはどうしたものかと閉口した。

「夜……ま、まぁ、すごいんじゃない? うん」

「「ど、どんなふうに?」」

「……えっと」

「「…………」」

ノーマとマカミの食いつきが想像以上だ。

シェリーはワインを一気飲みする。この場はお酒に逃げることにした。

◇◇◇◇◇◇

ローレライとクララベルは、シルメリアと一緒に酒を飲んでいた。

ローレライは酒に強い自信があるが、シルメリアもかなり強い。ワインの瓶を五本以上開けているのに、二人ともまったく酔っていなかった。

「シルメリア、なかなかいい飲みっぷりじゃない」

「ありがとうございます」

「ふにゃ～……」

クララベルはすでにダウン。うつ伏せになり、座布団を枕にしている。

シルメリアはワインボトルを手に、ローレライに酌をした。

「ありがとう」

「いえ」

シルメリアは自分のグラスにも注ぎ、ワインを飲む。

ふと、気になったので質問してみた。

「ローレライ様。その、あまり飲みすぎは」

「え？」

「いえ、いずれお子様が生まれる場合もあるでしょうし、お酒の飲みすぎは身体によくないので」

「あら、心配してくれるのね。ありがとう」

ローレライはにっこり笑う。

「シルメリア。それを言うならあなたもよ？　将来、アシュトの子を産むのだったら、お酒には気を付けないと」

「え……」

「ふふ。大丈夫、みんな知ってるし、認めているわ。あなたは私たちの誰よりも、アシュトに尽くしているもの。好きになるのは当然よね」

「あ……」

シルメリアは赤くなる。この赤さは酒だけが原因ではなさそうだ。

「ねぇ、子供が生まれたらどんな名前を付ける？」

「銀猫族の子供は女の子なのは確定しています。ミュアの名前を付ける時、いくつか候補があったうちの一つにしようかと」

「へぇ……ねぇ、どんな候補があったの？」

「はい、他の銀猫たちにそれぞれ案を出してもらい……」

龍人と銀猫族。種族は違うが、お互い母になりたい二人。

話は弾《はず》み、自然と酒も進んでしまった。

◇◇◇◇◇◇

「にゃあ。ご主人さまー」

「わぅぅ」

「まんどれーいく」

「あるらうねー」

「ほらほら、もう寝る時間だぞ」

俺の部屋では、子供たちがベッドの上で転がって遊んでいる。

今日は女子会の日。ミュディたちも銀猫たちもみんな出かけたので、ミュアちゃんたちは俺の部屋で一緒に寝ることに。

「くぅん……お兄ちゃん、おなかへった」

「え？」

「にゃぅぅ、わたしもー」

「ミュアちゃんも？」

「まんどれーいく」

「あるらうねー」

「お前たちもか……」

夜にお腹が減ることとってあるよな。

さて、どうしようか……まぁ、シルメリアさんたちもお酒飲んでいるし、今日くらい別にいいか。

「よしみんな、キッチンに行こう。俺が夜食を作ってあげる」

「にゃったー!!」

「わうーん!!」

「まんどれーいく!!」

「あるらうねー!!」

というわけで、みんなを連れてキッチンへ。

冷蔵庫を開けると、余ったコメのおひつ、白身魚の切り身、調味料と薬味が入っていた。

コメだけってのも悪くはないけど……ちょっと味気ないか？

「なら、お茶漬けなんてどうかしら？」

「ぶっはぁぁぁぁぁぁぁっ!?」

「あ、シエラさま!!」

「わおーん!!　びっくり!!」

いきなりの登場で、久しぶりに叫んでしまった。

シエラ様は、ニコニコしながらピースする。

「アシュトくん驚かし作戦、だいせいこう～♪」

「………」

「あん、そんな目で見ちゃダ・メ♪　ふぅっ」

「うっひ!?　み、耳に息吹きかけないでくださいよっ!!」

「うふふ♪　じゃあ、みんなでお茶漬けを作ろう!!　おーっ!!」

「にゃおーん!!」

「わおーん!!」

「まんどれーいく!!」

「あるらうねー!!」

「………」

「ほら、アシュトくんも!!」

「お、おー……」

俺……こんな夜中に何やってんだろう。

◇◇◇◇◇◇

実に簡単なレシピだった。

コメをそれぞれの茶碗によそい、魚の切り身とゴマ・薬味を混ぜて、魚醤《ぎょしょう》で味付けする。あとはコメの上に味付けした切り身を載せ、熱い緑茶を注ぐだけ。

ゴマと魚醤の香りがなんとも言えない……

「簡単でしたね……」

「お手軽でピッタリでしょ？」

「ええ。じゃあみんな、いただきます」

「「いただきまーす!!」」

「まんどれーいく!!」

「あるらうねー!!」

出汁のいい香りがする……どれどれ、一口。

「う、美味い」

「にゃあ!!　さっぱりしておいしい!!」

「わぅん!!　おいしい!!」

夜食にはピッタリかもしれない。これは美味い。

あっという間に完食……食べ終わるとすごくほっこりする。

「シエラ様、美味しい夜食のレシピ、ありがとうございます」

「いいのよ。私も美味しかったし♪」

「はは……ふぅ、お腹いっぱいになったら眠くなってきた。みんな、歯を磨いてベッドに戻ろう」

「にゃうー」

「わうん」

「まんどれーいく」

「あるらうねー」

「ふふ、すっかりお父さんね♪」

「あはは……」

お父さんかぁ……近いうち、本当にそうなるのかもな。

第二十章　風邪ひきアシュト

「………これは」

　ある日の早朝。目覚めるとボンヤリし、汗だくだった。

　喉が渇《かわ》き、手を伸ばそうとするが、どうも腕が重い。いや……腕だけじゃなくて全身がけだるい。

　気持ち悪い。喉もイガイガする……これは間違いない。

「ご主人さま、おんしつー」

「…………」

　ミュアちゃんが部屋に入ってきた。温室の手入れの時間を過ぎたのか……そうだ、今日はミュアちゃんとライラちゃんも手伝ってくれる日だっけ。

　ミュアちゃんが起こしに来てくれたのに、動きたいと思えない。これはちょっと重症だ。

「うにゃ？」

「ミュアちゃん……ちょっとこっち来て」

「にゃう」

　なんとか身体を起こすが、やはり関節が痛かった。

「うにゃ……ご主人さま、どうしたの？」

「ああ……ちょっとお願いがあるんだ。フレキくんを呼んでくれないか？」

「にゃあ。お外にいるよ」

「うん……お願い」

「にゃ……わかった」

俺の様子がおかしいと察したのか、ミュアちゃんはパタパタ駆けだした。

俺はベッドに倒れこみ、水を飲もうと手を伸ばし……水差しがないことに気が付いた。やばいな、水分を取らないと。

「うにゃあ!!　こっちこっち!!」

「わわわっ、ど、どうしたんです？　師匠が呼んでるって……」

「いいから!!」

ミュアちゃんが、フレキくんの手を引っ張って部屋に入ってきた。

俺の顔を見たフレキくんは、一瞬で薬師の顔になる。

「師匠、これは」

「ごめん、自分じゃ無理みたい……診察してもらえる？」

「は、はい!!」

「にゃあ、ご主人さまぁ……」

「ミュアちゃん、シルメリアさんを呼んできてくれるかな？　着替えと水を持ってくるように伝えて」

「にゃう!!　わかった!!」

薬師は風邪をひいた時、自分で自分を診断してはいけない。理由は当然、正常な判断ができないからだ。

フレキくんは俺の手を取り、熱を測り、脈を取る。

身体を起こし、口の中を見て、目を見た。

「喉がだいぶ腫《は》れていますね。咳は出ますか？」

「いや……まったく」

「……脈が少し速いですし、眼も少し腫ればったくなってますね。少し熱が出ると思いますが、栄養を取って安静にしてください。水分をしっかりとって汗を掻けば、すぐによくなると思います」

「はい……フレキくん。いや、フレキ先生」

「え、せ、先生……あ、あはは」

今の俺は患者さんだ。薬師の言うことをしっかり聞かないと。

シルメリアさんが顔色を変えてやってきた。隣のミュアちゃんは水差しと着替えを持っている。

「ご主人様!!　ご無事ですか!?」

「しーっ……身体に響くのでお静かに」

「あっ、も、申し訳ありません……」

今は、フレキくんの言うことがベストだ。シルメリアさんは頭を下げ、フレキくんからいろいろ聞いている。

「下着と肌着はこまめに交換を。それと、水分は十分とるようにお願いします。ただの水よりは、塩を少し加えて、レモンを搾ってもいいですね。あと、食事は胃に優しいものを、すりおろした果物や……あ、そうだ。ワーウルフ族の里では、コメを煮詰めた『お粥《かゆ》』を出してますね」

「お、かゆ……？　それはどのような？」

「えっと……そうだ、アセナを呼んできます。あいつなら作れると思いますので」

「よろしくお願いします」

二人の話を聞いていると、ベッド脇にミュアちゃんがひょっこり顔を出す。

ネコミミが萎《しお》れている……いつもはピンと立ってるのに。

「にゃう……ご主人さま、だいじょうぶ？」

「うん。大丈夫だよ。ただの風邪みたいだし……あ、そうだ。風邪はうつるから、今日はもうこの部屋に入っちゃ駄目だよ」

「うにゃ⁉　やだやだ、ご主人さまのそばにいるー‼」

「ミュアちゃん……」

嬉しいが、この苦しみをミュアちゃんにお裾分けはできない。

シルメリアさんを見ると、小さく頷いた。

「ミュア、ご主人様の言うことを聞きなさい」

「にゃだぁ‼　ご主人さまといっしょー‼」

「ミュア、いい加減にしなさい‼」

「にゃっふ!?」

「あなたが風邪をひいたら、ご主人様が悲しみます。ご主人様は、あなたに風邪をひいてほしくないから言っているの。言うことを聞きなさい」

「ふにゃあ……」

あらら、泣いちゃった……俺は身体を起こし、ミュアちゃんの頭をなでなでする。

「ミュアちゃん、お願い……また、元気になったら遊ぼうね」

「にゃうぅぅ……うん」

こうして俺は一日ダウンするのだった……

◇◇◇◇◇

今日はフレキくんとシルメリアさん以外、この部屋への立ち入りを禁止した。

フレキくんは三種ハーブのスープと、体内の菌を攻撃する薬を処方してくれ、シルメリアさんはアセナちゃんから『お粥』なる食べもののレシピを習い、俺に持ってきた。

「お、おかゆ?」

「はい。味見をしましたが、なかなかに美味です」

「へぇ……」

コメを煮詰め、ドロドロにしたものだ。

焼いた赤身の魚をほぐして混ぜてあり、山菜も入っている。

このどろどろ、美味いのか……いやいや、シルメリアさんが作ったんだ。ちゃんと食べないと。

「い、いただきます……あむ」

ん？　——あれれ？　う、美味いぞ？

赤身の魚の塩気、山菜、コメのどろどろ具合がマッチして、絶妙な味だ。

あまり食欲はないが、これなら全部食べられる。というかめっちゃ美味い!!

「はぁ、美味かった……ごちそうさま」

完食。お粥、美味し。

これ。みんなにも食べてもらいたいな。アセナちゃんには感謝しないと。

「ご主人様。身体を拭いて寝間着を交換しましょう」

「あ、うん……」

シルメリアさんは、木桶にお湯を準備する。

服を脱ぐのに手間取ったが、手伝ってもらってあっという間にパンツ一枚となった。

身体を起こしてもらい、シルメリアさんは手拭《てぬぐ》いを絞る。

「失礼します」

「は、はい」

な、なんか……恥ずかしい。

俺は丁寧に身体を拭かれた。汗をいっぱい掻いたし、さっぱりして気持ちいい。

新しい下着を準備したシルメリアさんはパンツも脱がそうとしたが、それだけは断固拒否して自分で着替える。風邪をひいても恥ずかしい!!

下着と寝間着を替え、再びベッドへ。

シルメリアさんが退室した。いい感じに腹がいっぱいなので、すぐに眠くなってくる……

「……ご主人様」

「………………」

あれ、シルメリアさんがいる……？　おかしいな、さっき出ていったはずなのに？

シルメリアさんは、俺の頭に手を載せ、優しく撫でている……ような、気がする。

「ゆっくりお休みください……私が、そばにいますので」

「………………」

ああ……なんか、気持ちいい。

風邪、ひくのも……悪くない、かも……ね。

「おやすみなさい、ご主人様」

俺の意識は、静かに落ちていった。

◇◇◇◇◇◇

翌日。俺は見事に復活した……しかし、その代償はとても大きかった。

「まさか、今度はシルメリアさんが風邪をひくとは……申し訳ない」

「いえ……こちらこそ、申し訳ありま……げっほげっほ!!」

「あ、無理しないで!!」

今日は、俺がシルメリアさんを看病する。

ミュアちゃんたちには申し訳ないが、遊ぶのはまた後日にしてもらおう。

「シルメリアさん、今日は俺が看病するから」

「……はい、ご主人様」

「あとでお粥を持ってくるから、今日はゆっくり休んでね」

「……はい」

何故か、シルメリアさんは……とっても嬉しそうだった。

第二十一章　ミュアとナナミ、昼寝する

ミュアは、一人で散歩していた。

「にゃんにゃんにゃんにゃ～ん♪」

今日の仕事はお休み。

アシュトの希望で、仕事のある子供たちは他の村人より多く休みを取ることができる。

ミュアは、一人でのんびり散歩をしていた
「にゃあ……ライラたちも休めばいいのにー」

ライラやアセナは仕事。マンドレイクとアルラウネは、温室の手入れを手伝うと、ウッドたちと一緒に森に出掛けてしまった。どうやら、ハイピクシーたちの蜜取りを手伝うらしい。護衛には植物魔法で生まれたフンババやベヨーテが付いているので問題ない。

やることがないので、アシュトにかまってもらおうと薬院へ足を向けると、一人の銀猫族とばったり会った。

「あ、ミュア」

「ナナミお姉ちゃん!!」

銀猫族のナナミ。

ミュアの次に若い銀猫で、生まれたばかりのミュアをよく可愛がっていた。最近は仕事が多くてなかなか遊ぶ機会がないが、ミュアにとっては姉のような存在だ。

ミュアはナナミに飛びつく。

「うにゃ……」

「ミュア、お休みもらったんだよね」

「うん。ナナミお姉ちゃんも?」

「うん。ご主人様さまに言われて……」

ナナミは仕事が楽しくて休みらしい休みを取ってなかった。銀猫族にとって仕事は休日と変わらない。遊ぶのも仕事も同じくらい好きなのだ。

だが最近、アシュトの家にジャムを卸すようになり、休暇を取っていないことがバレてしまった。

そのためアシュトの言いつけで、半日だけでも休んで遊ぶように言われたのである。

ミュアは、ナナミに撫でられながら聞く。

「ナナミお姉ちゃん、お休み、なにするの？」

「ん〜……ちょっとやってみたいことがあるの」

「にゃ？」

「あのね。お昼寝をしてみたいの」

「おひるね……にゃあ!!　いいところがあるよ!!」

「ほんと？」

「うん、こっち!!」

ミュアは、ナナミの手を掴んで走りだした。

◇◇◇◇◇

「あれ、珍しい組み合わせだね」

「にゃあ、おひるねをしにきたの!!」

「…………にゃ」

天気のいい日中。薬院で新薬の開発研究をしていると、ナナミを連れたミュアちゃんがやってきた。そういえばこの二人、今日は休みだったな……って、お昼寝？

「あのね、ナナミお姉ちゃんがお昼寝したいって。だからご主人さまの――」

「み、ミュア!!」

「にゃっふ？」

ナナミがミュアちゃんの口を押さえ、急に頭をなでなでしまくり始めた。

「……えっと、ナナミ？」

「あ、あの、ご主人さま、その……」

「にゃふぅ」

よくわからんが……どうやら、ナナミは昼寝がしたい、でいいのか？

「みゅ、ミュア!!　お昼寝でいいところって……」

「にゃ？　ご主人さまのところー」

「え、ええええっ!!」

「あのね、ご主人さまになでなでされて、あごのしたをなでられるとゴロゴロするの。すっごく気持ちよくてね、すぐに眠くなっちゃうの」

「にゃう……」

あの、聞こえてますけど。

だが、なんとなく事情は呑《の》み込めた。昼寝場所を探していたナナミがミュアちゃんに相談したら俺のところへ、ってところか。

まぁ、昼寝は別にいい。フレキくんはアセナちゃんと里帰り中だし、今日は急患もないから静かなもんだ。せっかくの休みだし、好きにすればいい。

「二人とも、昼寝したいならここでしていいよ。そっちに空きベッドがあるから」

「にゃあ‼」

「あ、あの……」

「もちろん、ナナミも」

「うにゃ……は、はい」

うーん、ミュアちゃんが『にゃあ』とか『にゃう』とか鳴くのは聞きなれたけど、ナナミや他の銀猫が言うとけっこうくるな。なんというか……可愛い。

「ナナミお姉ちゃん、こっちこっち‼」

「みゅ、ミュアぁ～」

ミュアちゃんに引っ張られ、ナナミとミュアちゃんはベッドへ。一緒に寝るのかな?

「ご主人さまご主人さま、なでなでしてー」

「はいはい。仕方ないなぁ……」

「え、え、え」

俺はベッドにダイブしたミュアちゃんとナナミの元へ。ミュアちゃんの頭をなでなですると、ふにゃっと蕩《とろ》ける。

「にゃふぅ……きもちいい」

「ナナミ、撫でても大丈夫か？」

「っふにゃ……は、はい」

ナナミくらいの年齢なら、なでなでしても大丈夫だろう。ミュアちゃんと同じように撫でると、ナナミも蕩けた。

「はにゃぁ……」

「よしよし。なでなで、ごろごろ」

「ごろごろ、ごろごろ」

「ごろごろ、ごろごろ」

可愛い。喉を撫でるとごろごろ言う……ネコみたい。

これは俺も一緒に『寝込みたい』。ネコみたいだけに……なーんちゃって。

「すぴゅぅ……はむはむ」

「にゃふぅぅ……」

ナナミは寝ぼけているのか、ミュアちゃんを抱きしめミュアちゃんのネコミミをはむはむしている。なにこれ、めっちゃ可愛い。ネコミミはむはむなんて初めて見た。

これは邪魔しちゃまずい。患者もいないし、おいとましようかな。

「いいものを見られた……うん」

ネコミミ美少女がネコミミ幼女を抱きしめ、ネコミミをはむはむする。

この光景。絶対に壊せない。可愛いよほんとに。

ま、今日はお休みだし、思いきりお昼寝を楽しんでくれ。

第二十二章　あたらしいおともだち

「ねぇ、なにしてあそぶー？」

「うにゃ……みんなをさそって村であそぼう‼」

そう言っているのはミュアとライラ。

今日の仕事はお休みだったので、遊べそうな人を誘って、村で遊ぶことを計画していた。

最初に向かったのは、アセナの家だ。

フレキはこの時間、薬院で仕事をしているので、アセナは一人で家にいるはず。

家に向かうと、洗濯物を干しているアセナがいた。

「にゃあ、おはよう‼」

「おはよー、アセナ」

「ミュアとライラ、おはようございます」

「あそぼ‼」

「いいですよ。もうすぐ干し終わるので待っててください」

「わう、手伝う」

ミュアとライラも、洗濯物を干すのを手伝った。一人では大変だが、三人で干せばすぐに終わる。

それに、ミュアとライラはシルメリアに鍛えられているので、家事レベルはかなり高いのだ。

洗濯物を干し終わり、アセナはエプロンを外す。

「午後は家のお掃除をしますので、二時間ほどなら遊べます」

「にゃあ。じゃあ遊ぶ!!」

「わうう、三人じゃさみしいね」

「にゃあ。ウッドやフンババのところはー？」

「みなさん、春は日光浴の季節とか言ってましたからね……」

ウッド、フンババ、ベヨーテ。そしてマンドレイクとアルラウネの植物組はほぼ毎日、日光浴を楽しんでいた。

毎日ポカポカ陽気なので仕方ない。冬の間は家に閉じこもっていたし、その分、日の光が嬉しいのだろう。

植物たちが仲良く寄り添い日光浴を楽しんでいる姿は、とてもではないが邪魔できなかった。

「あ、そうだ。一人誘いたい子がいます」

「にゃ？」

「わう？」

「たぶん、一人で遊んでると思いますので……」

「？」

アセナの案内で、三人は一軒の家に向かう。

ドアをノックすると、小さな女の子が出てきた。

「あ……アセナおねえちゃんです」

「こんにちは、コルン。マカミさんはいる？」

「んー。マカミおねえちゃん、ノーマさんって人と、狩りにでかけたです」

「そっか……一人？」

「うん」

「じゃあ、私たちと一緒に遊ばない？」

「え……いいのですか？」

「もちろん」

小さな女の子だった。

三歳くらいだろうか。長い白髪をツインテールにした、可愛いらしい少女だ。

ミュアとライラは、女の子をジッと見る。

「この子はコルン。ワーウルフ族で、マカミさんの妹なんです」

「にゃあ……かわいい」

「こんにちは。わたしはライラだよ‼」

「こ、コルンです。よろしくです、おねえちゃん」

「お、おねえちゃん……わぅぅ」

「わ、わたしミュア!!　おねえちゃんだよ!!」

「よろしくです、ミュアおねえちゃん」

「にゃうぅぅぅっ!!　おねえちゃん……にゃふふ」

お姉ちゃんと呼ばれたことのない二人は、コルンを抱きしめた。

「わわわっ、な、なんですーっ!?」

「にゃあ。コルンのおねえちゃんのミュア!!」

「わたしはライラ!!」

「今日からコルンは妹なの!!」

ミュアとライラ、アセナとコルン。四人はさっそく遊びに出かけた。

◇◇◇◇◇◇

「さて、何をして遊びます？」

アセナが言う。

ミュアとライラは返答する代わりに、コルンに尋ねた。

「コルンコルン、コルンは村の遊びしってる？」

「いえ、あまり外に出ないのでわからないです」

「じゃあ遊ぼ‼　わう‼」

「どこにいくです？」

「農園で果物もらう‼」

ミュアに引っ張られ、コルンたちは農園へ。

ハイエルフや悪魔族《デヴィル》が仕事をしている中、エルミナを見つけた。

エルミナは大きな果物籠を運んでいたが、ミュアたちを見つけると手を止める。

「ミュアじゃない。まーた果物狙いかしら？」

「ふしゃあ‼　お手伝いしてるもん‼」

「はいはい悪かったわね。っと……その子は初めてね」

エルミナはしゃがみ、コルンの頭をなでなでする。

「きゅぅん……あの、コルンです」

「コルンね。よしよし、可愛いわね……あ、そうだ。これあげる」

「にゃあ‼　わたしたちも‼」

「はいはい。みんなにあげるから」

エルミナは、果物籠からブドウを取り出し、子供たちに一房《ひとふさ》ずつあげた。

ワイン用だが味も濃く、食べるととても甘酸っぱい。本来、ワイン用のブドウは食用に不向きなのだが、緑龍の村のブドウは食べてもワインにしても美味しかった。

「エルミナ、ありがとう‼　にゃう‼」

「ありがとー‼　わん‼」

「ありがとうございます。エルミナさん」

「あ、ありがとうです」

「いいわよ。それより、転んで怪我するんじゃないわよー」

「「「はーい‼」」」

子供たちは、ブドウを抱えて行ってしまった。

「はぁ〜……子供、いいなぁ」

エルミナがポツリと呟いた。それを聞いていたルネアがメージュにチクリ、からかわれるのだった。

◇◇◇◇◇◇

ミュアたちは、村の各所に設置された東屋で、ブドウをもくもく食べる。

甘酸っぱく瑞々《みずみず》しいブドウはとても美味しく、コルンも大満足していた。

「コルンって、一人でさみしくないの？」

ふと、ミュアが聞いた。

コルンは、姉のマカミと一緒にこの村にやってきた。マカミは狩りや農園を手伝いながら勉強しているのだが、コルンは家にいることが多い。

「おねえちゃんと一緒がいいのです。でもわたしは……むりやりここについてきたのです。だから、おねえちゃんの邪魔はしたくないのです」

「にゃふ？　でもコルン、これからはわたしたちと一緒だよ!!」

「わふ!!　毎日あそべるね!!」

「そうですね。私も、時間があれば一緒に遊びたいです。コルンとはワーウルフ族の里でもあまり遊んだことがありませんでしたし」

「……いいのです？」

「「「もちろん!!」」」

コルンに、たくさんの友達ができた。

好きな時に遊び、こうして一緒におやつを食べることもできるだろう。

「あ、ありがとう……です」

「にゃう!!　じゃあ遊ぼっか!!」

「そろそろウッドたちも起きるかも!!　行ってみる？」

「そうですね。マンドレイクとアルラウネのことも紹介しましょう」

「えっと……行くです!!」

コルンは、もう一人で寂しい思いをすることはないだろう。

第二十三章　烈炎龍《アドライグゴッホ・ドラゴン》と温泉

今日は仕事がお休み。

部屋で読書をしていると、ローレライが本を、クララベルがお菓子を持ってきた。

せっかくだから、二人と一緒にお菓子を食べながら読書する。

クララベルは、クッキーを食べながら言う。

「お兄ちゃん、読書もいいけどお外で遊びたいなー」

「クララベル。あなたはもっと本を読みなさい。ほら、どんな本が読みたい？」

「うー……読書好きじゃない」

「あはは。クララベル、もうちょっと読んだら、散歩に行こうな」

「うん!!　じゃあちょっとだけ読む」

そう言って、クララベルはローレライが持ってきた本を適当に掴み、広げる。

「あれ？　これ、パパの名前」

「パパ？　……お、それ、ドラゴンロード王国の歴史書か」

クララベルが広げたのは、ドラゴンロード王国の歴史書。

ローレライはチラリとその本を見た。

「ああそれ、勉強用に持ってきた本ね。歴代の王族の名前や、ドラゴンロード王国の歴史について書かれているの。クララベル、あなた用よ」

「うぇぇ……あ‼　ママの名前‼」

なんだかんだで、クララベルは読み始めた。『あ、姉さまの名前‼　わたしのも‼』なんて喜んでいる姿がとても可愛い。

「あれー？　……姉さま、この人」

「ん？」

「烈炎龍《アドライグゴッホ・ドラゴン》……？　ウェルシュドランさま。初めて見る名前」

「ああ、そのお方ね……」

姉妹の会話に、俺はチラリと視線を向けた。

「ウェルシュドラン様。ドラゴンロード王国の英雄って呼ばれた龍人よ。お父様のライバルで、王位継承を争った間柄と聞いたわ」

「パパのお友達？」

「お友達……なのかしら？　パパから聞いたけど『変なヤツ』って言ってたわね」

「ふーん」

龍人か……

人とドラゴン、二つの姿を持つ種族。ローレライはクリーム色のツルツルしたドラゴンに、クララベルは真っ白な体毛の生えたドラゴンに変身する。

ガーランド王は漆黒、アルメリア王妃は銀色。個人によって変身態は異なるみたいだ。

世界にはいろんな種族がいるけど、龍人は特に珍しいかもしれない。

その時、ドアがノックされた。

「にゃあ。お茶が入りましたー」

ミュアちゃんが、ティーカートを押して入ってきた。

すっかり慣れた手つきでお茶を淹れ、俺たちに振舞ってくれる。

「にゃう。ご主人さま、お茶おいしい？」

「うん、美味しいよ」

「にゃあぅー」

ミュアちゃんの頭を撫でると、ネコミミがピコピコ動く……やっぱり可愛い。

と、頭を撫でて気付いた。ミュアちゃんの髪がしっとりしてる。

「あれ？　ミュアちゃん、お風呂入ったの？」

「にゃあ。お洗濯で濡れちゃったの。だからシルメリアと入ったー」

「そっか。ほかほかだね」

「にゃうー」

うーん、癒される。

「ふふっ♪　湯上がりの女の子っていい匂いよねぇ～♪」

「うぉぉぉっ!?」

ミュアちゃんを撫でていると、背後からシエラ様がしな垂れかかってきた。

ローレライとクララベルもびっくり。ミュアちゃんは目を閉じていたので驚かなかった。

シエラ様は、にっこり笑っている。

「こんにちは〜♪」

「ど、どうも……」

「ねぇねぇアシュトくん、何か気付かない？」

「え……？」

いきなりの質問に首を傾げる俺。何か気付かない？　……つまり、何か変化がある。シエラ様に変化……とは？

「…………髪切りました？」

「ハズレ〜♪」

「あいだだだだだっ⁉」

シエラ様はにっこり笑いながら、俺の頬を引っ張った。

すると、ローレライが口を開いた。

「シエラ様。なんだかいつもより、お肌がスベスベですね」

「あらわかる〜？　実は、温泉に入ってきたのよ〜♪」

「わぁ〜、いいなぁ」

ローレライとクララベルがシエラ様のお肌を触って感触を確かめている……いや、そんなのわかるわけないじゃん。

シエラ様は、困ったように首を傾げた。

「もう、アシュトくん。女性の変化にはどんなに些細《ささい》なことでも気付かなくちゃダメよ？」

「……………申し訳ございません」

わかるかい!!　なんて言えない。それにしてもローレライ、お肌がスベスベとかどんな眼力よ。

ところで、シエラ様は何しにここへ？

シエラ様はクララベルが読んで開きっぱなしの本をチラリと見て微笑んだ。

「あら？　……ふふ、ちょうどいいわねぇ。アシュトくん、ローレライちゃん、クララベルちゃん。あなたたち三人で、温泉に行かない？」

「「「温泉？」」」

「ええ。オーベルシュタインにある秘湯なの。うふふ、お肌スベスベよ～♪」

いきなりすぎる……何か裏があるんじゃ。

ローレライは秘湯と聞いて興味が出たのか、シエラ様に聞く。

「あの、秘湯とは？　それに、私たち三人で？」

「ええ。その秘湯を管理している子は、ちょ～っと気難しい性格でねぇ。あまり大人数で行くのはダメなのよ。でも、アシュトくんとローレライちゃん、クララベルちゃんなら安心なの」

「にゃあ。わたしは？」

「ん～、残念だけどミュアちゃんもダメねぇ」

「にゃう……」

シエラ様はミュアちゃんの頭を撫で、ポケットからリンゴを出しミュアちゃんに渡す。するとミュアちゃんは機嫌を直して部屋を出ていった。

俺はシエラ様に言う。

「秘湯に興味はありますけど、ミュディたちを連れていけないのはちょっと……」

「ふふ、ならこうしない？　あなたたち三人で、秘湯を下見するの。そして、管理人さんに頼んで、今度はみんなで行く……これならいいでしょ？」

「……まぁ、確かに」

「お兄ちゃん、わたし秘湯に行きたい‼」

「私も興味あるわね。下見ってことなら、ミュディやシェリー、エルミナも納得するんじゃないかしら」

「むー……まぁ、それなら」

「はい決まり～♪　じゃあ、明日さっそく行きましょう‼」

こうして、シエラ様行きつけの秘湯へ旅行することになった。

◇◇◇◇◇◇

翌日。さっそく秘湯へ向かうことにした。

俺、ローレライ、クララベルは、村の入口に集まる。シエラ様は直接現地で合流するようだ。

見送りは、エルミナとミュディ、そしてシェリー。

「お土産、お酒でいいわよ」

「気を付けてね」

「クララベル、はしゃぎすぎないようにね」

「もーっ!!　シェリーはうるさいし!!」

じゃれあうシェリーとクララベル。というかエルミナ、酒はないと思うぞ。

行くのは俺たちだけど、護衛はいる。ローレライとクララベルの騎士である、ランスローとゴーヴァンだ。

ちなみに、移動手段はランスローとゴーヴァンのドラゴンである。

だがここで、ちょっと問題が。

「わたし、自分で飛びたい!!」

「クララベル……あなた、オーベルシュタイン上空で何されたか忘れたの？　湖までのような短い距離だったらまだしも、今回はけっこう長く飛ぶはずだから……」

「今回はランスローたちがいるから大丈夫!!　姉さま、姉さまも一緒に飛ぼ!!」

「…………んー」

ローレライは少し悩む。そして、ゴーヴァンをチラリと見た。

「……そうね。頼れる騎士がいるし」

「やったー!!　お兄ちゃん、わたしの背中に乗ってね」

「あー、いや。たまにはローレライの背中に乗りたいな」

「えー……」

「ふふ、いいわよ。ごめんなさいね、クララベル。今回は譲ってもらうわ」

姉妹は仲良しだなぁ。

というわけで、俺はローレライの背中に。

さっそく出発……する前に、ゴーヴァンが言った。

「ところでアシュト様。どちらへ向かえばよろしいので?」

「あ、そうか。ちょっと待って」

大丈夫。シエラ様からちゃんと聞いている。

俺は『緑龍の知識書《ムルシエラゴ・グリモワール》』を開いた。

＊＊＊＊＊＊＊＊＊＊＊＊＊＊＊＊＊＊＊＊＊＊＊＊＊＊＊＊＊＊＊＊＊＊＊

『植物魔法・道案内♪』
○風に乗った綿毛《エアライドフワー》
風に揺られてユ〜ラユラ♪

行きたいところまで案内してくれる綿毛ちゃんです♪

＊＊＊＊＊＊＊＊＊＊＊＊＊＊＊＊＊＊＊＊＊＊＊＊＊＊＊＊＊＊＊＊＊＊＊

これこれ。綿毛の案内なんて、いかにも植物魔法だな。

俺は緑龍の杖を取り出し、呪文を唱えた。

「ゆらめく綿毛、風に乗って飛べ。向かうべき先は望む場所。『風に乗った綿毛《エアライドフワー》』」

魔力が杖先に集中し、緑龍の杖から小さな種がぽろっと落ちる。種は地面に落ちるとすぐに発芽し、俺の身長ほどある巨大なタンポポの綿毛に成長した。

「お、おおきいわね……」

ローレライの言うことはもっともだ。こんなデカい綿毛は見たことない。

俺は、綿毛に話しかける。

「目的地は、オーベルシュタインの秘湯だ。案内よろしくな」

綿毛は意志があるのか、左右に揺れた。

ローレライとクララベルはドラゴンに変身、ランスローとゴーヴァンも自分のドラゴンに騎乗。

俺は尻尾からローレライの背中に乗る。

準備ができたのがわかったのか、綿毛が一本ふわりと飛んだ。

「よし。みんな、この綿毛に付いていくんだ。そうすれば目的地まで行ける」

『よーっし!!　いざ温泉!!』

クララベルが翼を広げ、ローレライとランスローたちも続く。

俺はローレライの背中で、ふわふわ浮かぶ綿毛を見つめていた。

◇◇◇◇◇◇

綿毛は、風に乗って飛んでいる。

俺はローレライの背中で胡坐《あぐら》をかきながら腕を組み、綿毛を眺めつつぼやく。

「自分で出しといてアレだが……あんな綿毛で目的地まで行けるのかな」

『アシュト……あなたがそれを言ったらダメでしょ』

ごもっともです。

クララベルを見ると、綿毛の速度に不満があるのか、くるくる回転しながら飛んでいた。おかげで、白い羽がハラハラと落ちている。

『クララベル、大人しく飛びなさい』

『はーい。ねぇお兄ちゃん、わたしの方に来ない？　お話したーい』

「んー、ローレライが許したらな」

『仕方ないわね……アシュト、クララベルの方へ』

とはいっても、どうやって行けばいいのか。ここは上空だし、下を見ないようにしてるからなんとか平気だけど、ぶっちゃけ上空は怖い。

すると、ローレライが身体を反らせる。

『えいっ‼』

「ちょ」

『きゃっち!!』

一瞬の出来事だった。身体を反らせたローレライが反動を利用して俺を上空へ飛ばし、クララベルが背中でキャッチした。

いきなりのことで声も出ない俺。

「…………」

『お兄ちゃん、わたしの背中どう？』

「……あ、ああ。すっごくフワフワして気持ちいいよ」

『えへへ。嬉しいな』

こ、怖かった……この姉妹の背中に乗るの、ちょっと控えようかな。

◇◇◇◇◇◇

それから二時間ほど綿毛を追うと、景色が変わってきた。

俺たちが住んでいるのは深い森だが、下を見ると岩石地帯のようだ。さらに、大小さまざまな山が多くあり、山から黒い煙がモクモク出ているところもあった。

「オーベルシュタインにこんなところが……」

オーベルシュタインは、未だに全貌が掴めていない。あのルシファーですらオーベルシュタインの半分以下程度しか地理を把握していないのだ。その半分以下というのも定かではないみたいだし。

『あれ？　お兄ちゃん、綿毛が』

綿毛が、ゆっくり下降を始めた。俺たちもあとに続き下降していく。

綿毛はゴツゴツした硬い土の地面に落ちると、すぐさま大地に根を張って大きな綿毛となる。帰りはここから緑龍の村へ案内してもらえばいいようだ。

ローレライとクララベルは人間態へ。ランスローとゴーヴァンもドラゴンから降り、周囲を警戒した。

俺は、周りを見る。

「ここが、目的地のはずだけど……」

硬い大地、近くには岩石がゴロゴロしており、何かあるようには見えない。

そして、地面に降りたことで気付いた。

「お兄ちゃん、暑いよ……」

「確かに。ほら、触ればわかるけど……地面も熱いぞ」

「本当ね。それだけじゃないわ。この独特な匂い……まさか、毒？」

ローレライの言う通り、腐った卵みたいな匂いがした。

ランスローたちのドラゴンも、匂いが嫌なのか首をブンブン振っている。

「本当に、こんなところに秘湯が……？」

「あ、来た来た。アシュトく～ん♪」

と、シエラ様の声が……って、なんかおかしいぞ。

「はぁ～い♪」

「……どうも。あの、シエラ様、その格好は」

「ふふん。これ、『浴衣《ゆかた》』っていう衣装なの。温泉ではこれを着ないと!!」

なんというか、妙な服だった。

大きな一枚のローブを、胸の前で重ねて着ている。

なんて言おうか迷っていたら、シエラ様が挙手する。

「では、これより秘湯にご案内いたしま～す♪」

「あの、こんなところに温泉があるんですか？」

「そう!!　こんなところだからあるのよ？」

シエラ様が歩きだす。俺たちはそのあとに続いた。ちなみに、ドラゴンはここでお留守番だ。

歩きだすこと数分。大きな岩石が二個並んでいた。さらに、大きな『ノレン』が岩石と岩石の間にかけられている。まるで岩石の間が入口になっているように見えた。

「ここが秘湯なの。いちおう、お店にもなってるんだけど、これまでに来たお客さんはここ数千年で十にも満たなくてねぇ」

「す、数千年で十……ば、場所が問題なんじゃ」

「その通り。でも、管理人がここを気に入ってるのよ」

シエラ様はノレンをくぐって中へ。

俺、ローレライ、クララベルもあとへ続く。ランスローとゴーヴァンはここで待つようだ。

ノレンをくぐると、真っ黒な木でできた建物があった。建物の奥は開けており、湯気が立っている。

そして、建物の引き戸が開いた。

「へいらっしゃい!!　我が『烈炎《れつえん》の湯《ゆ》』へようこそ!!」

現れたのは、三十代後半くらいの男性だった。

背が高く、片目が完全に潰れている。真っ赤な髪は短く切り揃えられ、肩出しシャツ一枚にねじり鉢巻き、薄手のズボンにサンダルというファッションだ。シャツを盛り上げる筋肉は凄《すさ》まじく、歴戦の戦士みたいなおじさんだった。

「これはこれはシエラ様。ようこそいらっしゃいました!!」

「はろ〜♪　ドランくん、また来ちゃった。今度はお客様も一緒よ〜♪」

「シエラ様の客人なら大歓迎でさぁ!!」

ドランと呼ばれた男性は、俺に向かって手を伸ばす。俺たちは自己紹介し、握手した。

「ささ坊ちゃん、うちの温泉に入れば肌はスベスベ、辛い肩こりや腰痛と即オサラバでさぁ!!」

「は、はい」

「そっちのお嬢ちゃんたちも……ん？」

ドランさんは、ローレライとクララベルを見て首を傾げ……ポンと手を叩く。

「ああ、もしかしてアルメリアの娘さんかい？　いやはや、そっくりだねぇ」

「「え……」」

ドランさんはにっこり笑う。この人、笑顔がすっごく暑苦し……もとい、いい笑顔だな。

ローレライとクララベルは驚きつつも聞いた。

「あの、母を知っているのですか？」

「ああ、ガーランドの野郎も知ってるぜ？」

「パパも？」

「ああ。ここ数千年会ってねぇけどな」

「……失礼ですが、お名前は」

「ドラン。あー、ウェルシュドランって言えばわかるか？　よっと!!」

ドランさんはその場でジャンプ。数十メートル飛び上がったと思いきや、一瞬で巨大な『赤龍』へ変身した。これを見たローレライとクララベルは唖然《あぜん》とする。

「ま、まさか!?　『烈炎龍《アドライグゴッホ・ドラゴン》』ウェルシュドラン様!?」

『ははは。もう王族じゃねぇし様はいらねぇ。ここにいるのは温泉好きのドランよ!!』

ドランさんは空中で人間態へ、そのまま着地する。

「ささ、ワシのことなんざどうだっていい。久しぶりの客人、ゆっくり湯に浸かっていきな」

ドランさんは、豪快に笑った。

◇◇◇◇◇◇

黒い建物の中は広かった。

中に入ると受付、そして奥に進むと脱衣所……脱衣所前に『混浴』というノレンがかかっていた。

どうやら男女一緒に入るらしい。夫婦だから気にならないけど……すまん嘘、一緒は緊張する。

ローレライはちょっとだけ躊躇《ちゅうちょ》。クララベルはまったく気にしていない。

ドランさんは、脱衣所隣の引き戸を開ける。

「温泉から上がったら、美味いメシも用意してあるぜ!!　ワシの手料理、堪能してくんな!!」

「は、はい」

「ふふ♪　ドランくん、料理がすっごく上手なのよ？」

「わぁ、楽しみだね、姉さま」

「ええ。今更だけど、こんなところに温泉なんて信じられないわね……しかも、英雄と呼ばれた『烈炎龍《アドライグゴッホ・ドラゴン》』様がいるなんて。噂じゃ行方不明になったとか、世界中の空を駆けているとか聞いたけど、まさかオーベルシュタインで温泉を経営していたなんて」

「はっはっは。ガーランドやアルメリアも知らんと思うぞ？　王族の義務を全部放り投げて、大好きな温泉を求めてオーベルシュタインに住むくらいの温泉馬鹿だからな!!」

自分で自分のこと馬鹿って言ってる……それくらい温泉好きなんだろうな。

すると、シエラ様が俺の肩を叩く。

「アシュトく～ん……大事なこと忘れてない？」

「え？」

「ふふ。ここはね……混浴よ？」

混浴。つまり、男女一緒の浴場……そう、ローレライとクララベルと一緒の風呂だ。

いや、そりゃ結婚してるし、まぁその……夫婦だしね。裸くらい……いや無理だわ。

「さ、行きましょ。ふふ、アシュトくんの背中、流してあげる♪」

「え、いやあの、俺、あとでランスローとゴーヴァンと一緒に」

「ダメ!!　お兄ちゃん、一緒に入ろ!!」

「ふふ、諦めなさい、アシュト」

どこか楽し気なローレライとクララベルに引っ張られ、俺は脱衣所へ連行された。

◇◇◇◇◇

俺は一瞬で服を脱ぎ捨て、腰にタオルを巻いて温泉へ続く引き戸を開けた。

ローレライとクララベル、シエラ様はまだ服を脱いでいる途中。今の俺はドラゴンよりも速い!!

「おお……!!」

浴場は、岩石で組まれた巨大な浴槽が三つあり、乳白色だ。意外にも洗い場はきちんと整備されていた。

洗い場には木桶がある。俺はお湯を組み、頭から一気に被《かぶ》った。

「つぷはぁ!!　気持ちいい!!」

そして、浴槽へ。温泉に触れてわかったが、それぞれの浴槽で温度が違う。

熱い、超熱い、熱くて死ぬ。まぁ温泉の温度はこんな感じか……って、どれも熱い!!

俺は、一番マシな温度の温泉を選んでゆっくり浸かる。

「き、きき、きくぅ～～～……」

熱い。でも……気持ちいい。

不思議と、温泉にはとろみがあった。ヌメヌメとまではいかないが、ぬるっとしている。

「なるほど。これがシエラ様のお肌がスベスベになった理由か」

「大正解～♪」

「ぎゃぁぁぁぁっ!?」

シエラ様が隣にいた!!　いい加減、神出鬼没に慣れろ俺!!

さらに、身体にタオルを巻いて髪をまとめたローレライと、素っ裸のクララベルが来た。

「わーい!!　温泉だぁ～っ!!」

「こら、クララベル。ちゃんと身体を洗いなさい。それと、髪をまとめて」

「はぁーい。姉さま、まとめて～」

「はいはい。まったくもう……」

なんだかんだ言いながら、ローレライはクララベルの髪をまとめている。

俺はシエラ様から離れる……お湯が濁《にご》っているせいで肌は見えなかった。いや残念とか思ってないからな!!

「お兄ちゃん、そっち行っていい?」

「ああ、いいぞ」

「わーい!!」

クララベルが接近。俺の腕にじゃれつく……うう、恥ずかしいなこれ。

ローレライも、さりげなく隣に来ているし。

「ふぅ……少し、熱いわね」

「同感。でも見ろよこれ、このとろみが、肌がスベスベになる秘密みたいだ。俺の肌ですらスベスベになってるぞ」

「お兄ちゃんお兄ちゃん、スベスベ~」

クララベルは温泉で自分の顔を洗っていた。

しばし温泉を堪能していると、シエラ様が言う。

「さっき聞いた通り、温泉から上がったあとは、ドランくんの料理を食べられるんだけど……実は、ちょ~っと問題があるのよねぇ」

「「え?」」

シエラ様が困ったように首を傾げている。その理由は、温泉を上がってすぐにわかった。

◇◇◇◇◇◇

「さぁさぁ、風呂上がりの一杯、おあがりよ!!」

「「「………」」」

温泉から上がったあと、浴場隣の部屋にドランさんが作った料理が並んでいた……んだけど。

そこに並ぶ料理がまた、その……すごい。

「あ、あの……これ」

「おう!! こっちがモエトカゲの丸焼き、こっちがファイアバイソンの煮込み、こっちがランドスネークの刺身だ。どれも美味いぞぉ？」

ただでさえ暑い岩石地帯。温泉の温度も高く、冷たい飲みものをグイっと飲みたいなと思っていたところに出てきたのが、肉・肉・肉……なんと、飲みものはゼロ。

「「「……い、いただきます」」」

しかしこの笑顔、暑苦しいけど……曇らせたくない。

俺はモエトカゲとかいう、この岩石地帯に住む大型のトカゲの丸焼きの串を掴む。

「あむ……う、うん。美味い」

本当に美味い……でも、火照《ほて》った身体に、脂っこい肉はきつい。せめてさっぱりしたものを食べてからこの肉を食べたい。

ローレライは煮込み、クララベルは刺身を食べて苦い顔をしていた。

この様子を見ていたシエラ様は、はっきり言った。

「ドランくん」

「はい？」

「お料理のチョイス、ちょ～っと考え直した方がいいわねぇ。これだとお客様が来ても、すぐに帰っちゃうわよ？」

「えぇぇぇぇぇぇぇぇぇぇぇぇぇぇぇぇっ⁉」

めっちゃ驚いていた。いや、そんなに衝撃受けるところか？

ドランさんはガタガタ震えながら俺に聞く。

「あああ、アシュトくん。ワシの料理、どうだった？」

「……その、美味しいですけど、脂っこすぎて重いかな、なんて」

「ろろ、ローレライちゃん‼」

「……まずは、冷たい飲みものが欲しいです」

「く、クララベルちゃんよぉ‼」

「甘い氷菓子とか食べたいー」

「ぐぉぉぉぉぉぉぉぉぉぉぉぉぉぉぉぉっ‼」

いやだから驚きすぎ。というか、今まで気付かなかったのかよ。

ドランさんはがっくりうな垂れてしまう。この人、ドラゴンロード王国では英雄なんだよな……

温泉に合う料理じゃなかったからって、こんなに驚くとは。

ドランさんは涙目で話し始めた。

「しょうがないんだよ……だって、この辺で採れる食材なんて、魔獣の肉しかないし……岩石地帯だし、土が硬いから植物は育たないし、地下水とか流れてるかなーって地面掘っても温泉しか出ないし……冷たいモノなんて無理なんだよ……うぅぅ」

えええ……泣きだしたぞ。マジでどういうことなんだ？

シエラ様が困ったように言う。

「あのね、ドランくんってす～っごく強いんだけど、す～っごく泣き虫でもあるの」

「い、意外すぎる……」

シエラ様は俺に耳打ちしてきた。

「アシュトくん。ドランくんのために、なんとかしてあげられないかな？」

「え、俺がですか？」

「ええ。ね？　お姉さんからのお願い～♪」

「うおわわわっ!?　わわ、わかりましたからくっつかないで!!」

腕を取ってくるシエラ様から離れ、俺はドランさんに言う。

「あの、ドランさん」

「うぅぅ……な、なんだい」

め、めっちゃ泣いてる……そんなにショックだったのかな。涙と鼻水がとんでもないことになっているぞ。

「え、えっと……その、俺でよければ、力になりたいなー……なんて」

「何イイイイイイッ!!」

「ひぃぃぃぃいっ⁉」

ドランさんが立ち上がったかと思うと、顔面が燃え、涙と鼻水が一瞬で蒸発した。

あまりの迫力にビビる俺。距離を取ろうとすると、手をガッチリ掴まれる。

「なんとかできるのかい⁉」

「あっちちちちちち⁉　あのあっついです⁉　火傷《やけど》するぅぅぅっ!!」

手が滅茶苦茶熱かった。

ドランさんは慌てて手を離す。

「おおすまん!!　で!!　なんとかしてくれるのかい⁉」

「は、はい……」

「やったぁぁぁぁぁぁぁぁぁぁ!!」

やったぁって……子供かよ。

こうして、秘湯『烈炎の湯』を救うべく、俺たちは頭を捻《ひね》ることになった。

◇◇◇◇◇◇

さっそく話し合いをすることに。

「まず、温泉はすごくいい。肌はスベスベになるし、ちょっと熱いけどクセになりそうな熱さだ」

「ええ。見て、すっごくスベスベ……」

「わたしもー!!」

ローレライとクララベルの腕は、とってもツルツルだ。

ドランさんは笑顔でウンウン頷く。

「いい温泉だろう!! オーベルシュタインを回ってようやく見つけた温泉だ!! ワシはここをもっと大きくして、オーベルシュタイン最高の温泉を作るんだ!!」

「でも、料理がねー」

「うぉぉぉぉぉぉぉぉぉぉぉぉぉん!!」

「ちょ、クララベル!!」

クララベルの言葉にショックを受けたのか、ドランさんはまた泣きだした。

ローレライはクララベルの頬を無言で引っ張りながら言う。

「アシュト、どうする?」

「姉さま痛いぃぃぃぃぃぃぃ!!」

「そうだな。この温泉に入ったあとに欲しいのは、冷たい飲みものとさっぱりした食べものだよなぁ」

「ええ。でも、この岩石地帯では難しいと思うわ」

「だよなぁ……」

ローレライはようやくクララベルの頬から手を離す。クララベルは頬を押さえ、俺の背に隠れてしまった。

この岩石地帯は、土が硬いし栄養があまりない。何かを植えても育たないだろう。

それに、水がないというのも致命的だ。温泉に飲み水があるだけでも違うのに。

背に隠れていたクララベルが俺の肩からひょっこり顔を出した。

「ねぇねぇ、お兄ちゃんの魔法でなんとかならないの？」

「俺の魔法？」

「うん。お兄ちゃんの植物魔法なら、この辺の土でも育つ植物とか、美味しい果実が生る木とかできるんじゃないかな？」

「………………」

確かに。クララベルの言う通りだ。俺の魔法ってこういう時に役に立つ。

すると、泣いていたドランさんがガバッと起き上がった。

「なんとかなるのかね⁉」

「え、えっと……やってみます」

さて、建物の裏へ移動。裏は何もなく、ただの広い空間となっていた。

俺は、『緑龍の知識書《ムルシエラゴ・グリモワール》』を開く。

「まずは……食べものかな。この温泉にピッタリの食べものを」

そう念じて、ページをめくる。

＊＊＊＊＊＊＊＊＊＊＊＊＊＊＊＊＊＊＊＊＊＊＊＊

『植物魔法・食べもの』
○ビーナスパイン
甘酸っぱくて美味しい～♪　暑くて水がなくてもちゃんと育つから大丈夫！
お風呂上がりに食べるとすっごく美味しいよ♪

＊＊＊＊＊＊＊＊＊＊＊＊＊＊＊＊＊＊＊＊＊＊＊＊

「おお、出た。『ビーナスパイン』か……どんな植物かな。ではさっそく」

杖を構え、呪文を唱える。

「コスタリーカ、サンシャイン、ブラ、ジール、アナナス。『ビーナスパイン』!!」

呪文を唱えると、杖の先から種が落ちる。そのまま地面に吸収されて芽が出て、あっという間に一本の木が俺たちの前で成長した。

ローレライが木を見て訝《いぶか》しむ。

「……妙な形ね」

確かにその通りだった。全長は三メートルくらいで、葉が放射状に広がっている。さらにこの葉、非常に硬く、まるで葉というより棘のような感じだ。木の中心部に大きな実が生っているのだが……この実がまた変な形。真っ茶色で、硬い表皮に棘が生えていた。

「……なんだ、これは？」

さすがのドランさんも首を傾げる。

「えっと、ビーナスパインっていう実なんですけど……」

俺は荷物からナイフを取り出し、木から実を切り取った。そして、テーブルの上に置く。

「……アシュト、食べられるの？」

「いや、食えるよ。うん」

「お兄ちゃん、どうやって食べるの？」

「そりゃ、切るしかないけど……」

俺の言葉を受け、ドランさんが懐から包丁を取り出す。

「とりあえず、真っ二つにしてみようかの」

ズパン!!　と、ビーナスパインが真っ二つに。そして……香る香る。甘酸っぱい匂い!!

ビーナスパインの果肉は綺麗な黄色で、断面から大量の果汁がポタポタこぼれる。

ドランさんが目を見開き、さらにビーナスパインをカットした。

そして、果肉を俺に渡す。

「ささ、味見を」

「は、はい。では……いただきます。あむ」

じゅわっと甘酸っぱい汁が口の中に広がった。さらに、果肉がハラハラと口の中でほぐれる。柔らかすぎず、硬すぎず、噛むたびに果汁が口の中にあふれて……う、美味い!!

「うっま……すごい、美味い!!」

「おお……わ、ワシも!!」

「私も食べるわ」

「わたしも!! んーっ……美味しいーっ!!」

ビーナスパインは、あっという間になくなった。

こんなに美味しい果物があったなんて。

「これは素晴らしい!! アシュトくん、この植物をもっと、もっとたくさん!!」

「わ、わかりました。わかりましたから離れて……」

暑苦しい顔を離してくれとは言いにくい。

俺は言われた通り、ビーナスパインの木を裏庭いっぱいに生やした。

「これ、暑さに強くて水がほとんどいらない植物ですので世話も楽だと思います。実を収穫すれば、次の実が生えてくるみたいです」

「おおお……素晴らしい!!」

とりあえず、食べものはこれでいいだろう。ビーナスパインの世話はドランさんになんとかしてもらうか。

次は、水だな……水、冷たい水。そう考え、本のページをめくる。

＊＊＊＊＊＊＊＊＊＊＊＊＊＊＊＊＊＊＊＊＊＊＊＊＊＊＊＊＊＊

『植物魔法・夏』

○レイニースイセン

暑いけど水がない!!　そんな時はこれ!!

浴びてよし、飲んでよしのお水が出ちゃう植物です!!

＊＊＊＊＊＊＊＊＊＊＊＊＊＊＊＊＊＊＊＊＊＊＊＊＊＊＊＊＊＊

出たよ……植物魔法ってなんでもありなのな。

再び杖を構え、呪文を唱える。

「夏色の、空を彩りし、水の音。『レイニースイセン』!!」

杖から種が落ち、すくすくと成長。水色の葉、水色の茎、水色の花びらの、二メートルくらいの花が咲いた。驚いたのは、この花の中心部分に無数の穴が空いていたことだ。

「おおおおおおおっ!!」

俺は、茎の部分を軽く触る。すると、穴から大量の水がシャワーのように流れてきた。

ドランさんが驚きの声を上げる。

「これ、一分くらい出続けます。また出したい時は茎を触れば出ますので」

「ど、どういう仕組みなのかね!!」

仕組みか。えーっと、『緑龍の知識書《ムルシエラゴ・グリモワール》』によると……

「地下の水脈……温泉ですね。温泉を吸って、根と茎で冷やしながら浄化して、この穴からシャワーみたいに放出してるらしいですよ。飲み水にもなるし、十分冷たいから温泉で火照った身体を冷やすのもいいですね。これは調理場と温泉、あとこの裏庭にもいくつか咲かせておきますので、使ってください」

「ぐぉぉぉぉぉぉぉぉぉぉぉぉぉぉぉぉぉぉっ!!」

ま、また泣きだしたよ……クラベルがドランさんの腰辺りをポンポン叩いて慰めていた。

こうして、俺の植物魔法で、温泉の問題をなんとかクリアできた。

◇◇◇◇◇◇

数時間後、再び温泉に入る。

「はぁ～……」

熱めの温泉にじっくり浸かり汗を流す。そして、湯船から上がり、レイニースイセンのシャワーを浴びた。冷たいシャワーが身体をいい感じに冷やしてくれる。

着替えて食事処へ。そこには、レイニースイセンの水で冷やしたビーナスパインが、綺麗にカットされ皿に盛りつけられていた。

「へいらっしゃい!!　ささ、風呂上がりに冷たいデザートはどうだい？」

「いただきます!!　ん～……ひんやり甘酸っぱくて美味しい」

風呂上がりに最高なデザートだ。甘いものと冷たい水で身体がリセットされると、今度はお腹が減ってきた。

「あの、ドランさん。肉料理ありますか？　お腹が減ってきちゃって」

「おう!!　任せなぁ!!」

出てきたのは、モエトカゲの丸焼きだった。でも、今の俺はお腹が減っている。モエトカゲを掴み、肉をがぶりと齧る。

「美味いっ!!」

「うぉぉぉぉぉぉぉぉぉぉぉぉんんんん!!　う、嬉しいィィィィィィィィッ!!」

ドランさん、めっちゃ泣きだしたよ……でも、今度は感動の涙だった。

そこに、外でビーナスパインを収穫していたローレライとクララベルが戻ってきた。

「お兄ちゃん、いっぱい採れたよ!!」

「アシュト……あなた、植えすぎよ。世話がほとんど必要ないとはいえ、収穫が大変よ」

「あはは、ごめんごめん。あの、ドランさん。収穫が大変なら数を減らしますが」

「駄目だ!!　これは美味い。ワシの主食にする!!　だから減らさないでくれ!!」

「は、はい……す、すみません」

どうやら、ビーナスパインを相当気に入ったようだ。

と、いつの間にか俺の隣に、ビーナスパインを食べるシエラ様が。

「ん〜美味しい♪　ふふ、アシュトくんに任せて正解だったわ〜♪」

「……あの、シエラ様。最初から俺にやらせるつもりで、ここに連れてきたんじゃ」

「ん～？」

「ローレライとクララベルを連れてきたのも、叔父に会わせるためですよね？」

「さぁ～？」

シエラ様は曖昧《あいまい》に微笑んだ。まぁいいか……

ローレライとクララベルは、ドランさんと仲良くお喋りしている。たまには同族同士、お喋りするのは楽しいのかも。

「ねぇねぇおじさん、これ、お土産に持って帰っていい？」

「もちろん!! はっはっは、ガーランドの奴にも言っておいてくれ。今度、ワシの風呂に入りに来いとな」

「ええ、伝えます。ふふ、お父様、すごく驚くかも」

ガーランド王がどんな反応するのか、俺も気になるな。

俺はビーナスパインを食べながら、ローレライとクララベルに言う。

「汗を掻いたみたいだし、二人とももう一回温泉に入ったらどうだ？」

「そうね。そうさせてもらおうかしら」

「姉さま、背中流すね」

「ええ、ありがとう」

さて、仲良し姉妹が温泉を堪能している間、俺は少し昼寝でもしようかな。

ドランさんが話しかけてくる。

「アシュトくん。きみはこの温泉の恩人だ‼　いつでも入りに来てくれ。きみなら大歓迎だ‼」

「ありがとうございます。今度は、もっと人を連れてきますね」

「うむ‼」

「あと、できたらでいいんで、お願いが」

「む？　なんだ？」

俺はシエラ様を見て、ちょっと苦笑しつつ答えた。

「あの、温泉……男湯と女湯、作ってください」

さすがに混浴だけは恥ずかしいからな。

ドランさんは大きな声で笑い、「任せておけ‼」と胸を叩いた。

ドラゴンロード王国の英雄『烈炎龍《アドライグゴッホ・ドラゴン》』ウェルシュドランさん。彼は今日も、岩石地帯にひっそりと存在する温泉で、お客様を待っている。

かなり熱めの温泉を堪能したあとは、キリっと冷たいビーナスパインで身体を冷やし、お腹が減ったら魔獣肉のフルコースでもてなしてくれる。

今度は、ミュディたちも連れてこよう。俺はそう思い、ビーナスパインを頬張った。

第二十四章　ダークエルフとの出会い

俺は、ウッドたちと一緒に森へやってきた。

ウッド、フンババ、ベヨーテ、マンドレイクとアルラウネの、植物魔法メンバーだ。

最近、みんなは日光浴を楽しんでいる。でも、付き合いが悪いというか、半日以上昼寝ばかりして遊んでいない。そこで、たまには何も考えずに森の中をブラブラしようと誘ったのだ。

道なき道をフンババが進む。

俺たちはフンババに乗り、森林浴を楽しんでいた。

「はぁ～……こういうのもいいな」

『アシュト、キモチイイ!!』

「まんどれーいく」

「あるらうねー」

『フッ……モクテキノナイタビ、ワルクネェ』

ウッド、マンドレイク、アルラウネ、ベヨーテが思い思いの感想を言った。

ズシーン、ズシーンと、フンババが歩く。

今まで歩いたことのない道を進むのはいい。開拓ってわけじゃないけど、フンババの歩く道が獣道のようになる。

最近のエルダードワーフやサラマンダー族たちは、建築より街道の手入れに力を入れている。

エルダードワーフの故郷やブラックモール族たちの故郷、ハイエルフの里やワーウルフ族の村、海に続く道を整備する。センティが通る道を拡張し、道を均《なら》したり柵を設けたり。測量をして地図を作り、看板なども立てていた。

いずれ、ビッグバロッグ王国やドラゴンロード王国の国境まで繋がる道を作れば、国家間でやり取りできるかもしれない。そうすれば、兄さんたちも気軽に村へ来られるように……と思うが、あまりオーベルシュタイン領土が発展して騒がしくなるのもちょっと嫌だ。

そのため、とりあえずは交流のある場所を優先して作業している。

『アシュト、アッチ!!』

ウッドが進行方向の右側の方を行きたがった。

「ん、あっちに行ってみるか。フンババ、頼む」

『マカセロ。オラ、アルク』

オーベルシュタイン領土は、様々な種族が住んでいる。俺の知らない種族はまだまだいるのだ。

『アシュト、アシュト』

「ん、どうした?」

『アソコ、アソコ』

「え?」

ウッドが、すぐ近くの藪《やぶ》を指さしていた。

そこには、誰かがうつ伏せで、藪に寄りかかるように倒れている。

「なっ……」

「まんどれーいく」

「あるらうねー」

マンドレイクとアルラウネがクイクイと俺の服を引くのでそちらを見ると、反対側の藪にもう一人倒れていた。おいおい、なんだこれ。

『アシュト、ウゴクナ』

「え」

『トリ……ネラッテヤガル』

ベヨーテが、棘だらけの手を持ち上げ、バシュッと棘を発射。すると、上空から黒い大きな鳥が落ちてきた。脳天を撃ち抜かれたようで、即死だった。

『ザコガ。マキエヲマイテネラウトハ、ヒキョウナマネスンジャネェヨ』

「ベヨーテ、ありがとな。フンババ、ウッド、周囲を見張っていてくれ」

俺はフンババから降りて、警戒しながら藪に倒れている人に近付く。

白……いや、灰色の長い髪だ。肌は褐色で、ところどころ傷ついている。

抱き起こし、息を確認する……よし、呼吸はある。

「大丈夫ですか、聞こえますかー……？」

「………う」

よし、怪我の具合は……あ、女の人か。しかも若い。

スカートに胸当て、近くには折れた弓がある……そして。

「……この人」

灰色の髪、褐色の肌と……長い耳。

もしかして、エルフか？

◇◇◇◇◇

褐色エルフ？　の女性を抱き上げ、仰向《あおむ》けに寝かせる。呼吸は安定しているから、命に別状はないようだ。とりあえずもう一人も診察するか。

もう一人は少年だ。俺より少し年下か？　灰色の髪に褐色肌で、やはり耳が長い。

女性の隣に寝かせ、少年の呼吸も確認する。

「………え、ん」

「うん、意識はある。っと、手当て手当て」

どんな状況でも治療できるように、道具はいつも持ち歩いている。

ハイエルフの秘薬が入った試験管と杖を取り出し、杖の先に小さな水球を作り出して患部を洗浄、秘薬を塗って止血する。

細かい傷は洗い流してから保護用の葉を張る。この保護用の葉は傷に貼るだけで雑菌の侵入を防ぐのだ。小さな傷に貼っておけば安心だ。

「よし、とりあえずこんなもんか」

女性と少年の手当てを済ませ、どうしようか考える。

呼吸は安定しているものの、衰弱している。この二人がどこから来たかわからないが、ここに放置しておくわけにはいかない。薬師として、俺の患者さんは最後まで面倒を見なくては。

「よし、ウッド、フンババ、この人たちを村に運ぼう。ベヨーテ、護衛を頼む。マンドレイクとアルラウネも手伝ってくれ」

『ワカッタ、ワカッタ!!』

『オラ、ハコブ』

『ゴエイハマカセナ』

「まんどれーいく」

「あるらうねー」

薬院に運んで安静にしてもらおう。

それにしても、この二人……エルフなのかな?

◇◇◇◇◇◇

薬院に二人を運び、ベッドへ寝かせる。

「褐色の肌に灰色の髪、そして尖った耳……エルフですかね？」

「うーん……」

フレキくんに聞いてみたが、知らない種族のようだ。とりあえずシルメリアさんにエルミナを呼んでもらっている。あいつなら何か知っているかもしれないからだ。

それから数分後、エルミナが来た。

「やっほー、なんか用事？」

「ああ。ちょっと見てほしい人たちがいるんだ」

「ん？　あれ、ダークエルフじゃん。なんでここに？」

実にあっさりと種族がわかった……ダークエルフ？

フレキくんがエルミナに聞き返す。

「ダークエルフ、ですか？」

「うん。私も見たのは千年ぶりかも。ダークエルフの里はここからかなり離れてるのに、なんでここに？」

「いや、森の中を散歩してたら、でっかい鳥に襲われそうになってたんだ」

正確には、撒き餌《まえ》に使われていた。あの鳥魔獣、このダークエルフさんたちを餌にして、獲物を釣ろうとしてたんだよな。ベヨーテが討伐したが。

俺はふと思ったことを尋ねる。

「なぁエルミナ、ハイエルフとダークエルフは敵対関係とか……」

「は？　なんで？」

「いや、なんとなく……」

「別に仲が悪いことなんかないわよ。というか、互いに不干渉だし、住んでるところも正反対だし、祖先は同じだけど、それだけだしね。アシュトだって銀猫族と敵対なんかしていないでしょ？　それと同じよ」

わかったような、わからんような。ともかく、険悪な仲じゃないならよかった。ハイエルフとダークエルフの戦争!!　なーんて冗談でも嫌だからな。

「う、ぅうん……」

「あ、起きたわよ」

ダークエルフの女性が起きた。

「ここ……どこや？」

「えっと」

「あんさん、誰や？」

「えーと……俺は、あなたたちを見つけて、治療した者です」

なんか、センティみたいな口調だな……まぁ、喋り方はどうでもいい。

「うちらを助けてくれたんか？　おおきに……」

「は、はい。お連れの方も無事です」

安心してもらおうとそう言うと、女性は少年の寝ているベッドを見るなりそちらへ駆け寄った。

「っ……フウゴ!!　フウゴ、しっかり、しっかりせぇ!!」

「お、落ち着いて。大丈夫、大丈夫です」

「す、すまん……こいつはフウゴ、弟や」

この二人、姉弟だったのか……

「こちらの方もあなたも軽傷です。少し衰弱していたので、ここまで運んだのですが……」

「ああ……うち、魔獣にどつかれてしもうて、そのまま気ぃ失ったんや。ここ、どこやねん……帰らんと、仲間が心配する」

「まだ駄目です。せめてあと一日は入院してください」

「わかったわ……世話になります」

ダークエルフさんか……いろんな種族がいるなぁ。

おっと、自己紹介をしておかないと。

「俺はアシュト、この村の村長で薬師です」

「うちはライカ、ダークエルフです……よろしゅう」

さて、栄養ある食事を準備しないとな。

◇◇◇◇◇◇

「むぅぅ……んん？」

「フウゴ、起きてや、フウゴ」

「ん〜……あ、姉ちゃん？」

しばらくして、ダークエルフの少年も起きた。

「あれ、ここ……どこや？」

「ここ、たぶん噂の村やで。うちらは助けられたんや」

「助けられ……あ‼　あのバケモン鳥はどこや⁉　オレら喰われそうになって……あり？　あんた誰や？」

「えっと……」

少年は俺を見て顔を歪《ゆが》め、姉のライカを見て、再び俺を見る。なんというか元気だ……入院、必要ないかも。

灰色の髪に褐色の肌。長い耳……ハイエルフの色違い、と言ったら失礼だな。エルフ族の亜種、ダークエルフもまた希少種族なのだろうか。

とりあえず、現状をこの子にも説明しないと。

「俺はアシュト。散歩中に怪我をした君たちを見つけて、ここまで運んで治療したんだ」

「んなアホな……あのバケモン鳥は？」

「ああ。俺の護衛が倒した。もう大丈夫」

「そうか……つーか、ここどこや？　立派な建てモンやな？　ん？　……姉ちゃん、さっきなんて言った？」

「噂の村や。人間が希少種族集めて作った村」

「ほぉぉ……ここが」

ダークエルフの少年――フウゴは、窓際まで歩いて窓を開けた。

外は明るく、住人たちが歩いている。エルダードワーフやハイエルフ、銀猫族やサラマンダー族など、種族は様々だ。

「ハイエルフ、エルダードワーフ、それにリザード……やないな、サラマンダーか？　すげぇ……」

噂はホンマだったんか」

「そうや。それよりフウゴ、村長はんに助けた礼を言わんか。失礼やで？」

「あ、そっか。おおきにな。オレはフウゴ、見ての通りダークエルフや!!　よろしゅうな、村長!!」

「う、うん。よろしく」

フウゴは俺に元気よく挨拶したあと、エルミナとフレキくんの方を見る。

「そっちのハイエルフの姉ちゃんと人狼くんもよろしゅうな」

「元気なやつねー」

「よ、よろしくお願いします」

エルミナは白けた目で、フレキくんはとりあえずと言った調子で頭を下げた。ちょっと騒がしいけど悪い子じゃなさそうだ。

ダークエルフの姉ライカと、弟のフウゴか……元気になったら二人の故郷まで送ってやるか。

◇◇◇◇◇◇

今日は、俺も薬院で夕飯を取ることにした。

シルメリアさんに食事を運んでもらい、ライカとフウゴと一緒に食べる。

「いやぁ〜、うんまいなぁ。あの銀猫姉ちゃん、料理上手やね。羨《うらや》ましいわぁ」

「フウゴ、みっともないこと言うなや。すまんなぁ村長」

「いや、大丈夫。それより、今日はゆっくり休んでくれ。明日には退院して大丈夫。ダークエルフの里まで送るよ」

「「…………」」

「ん？」

なんか黙ってしまった……なんだろう、ちょっと嫌な予感。

「あの、村長……ウチらの話を聞いてくれん？」

「はい？」

「いや、ウチら、少し困ってんねん」

「……聞こう」

俺はシルメリアさんにお茶を頼み、二人の話を聞くことにした。

お茶とお菓子が運ばれると、フウゴはさっそくアルラウネドーナッツに手を伸ばす。

ライカは茶に手を付けず、ポツポツ話し始めた。

「ちと、確認したいんやけど……村長はあらゆる植物に精通してるってほんま？」

「ええと、あらゆるはともかく、人よりは詳しいかな。薬師だし、植物魔法師だし」

「噂じゃ、この村には珍しい果実や薬草がわんさとあって、全部村長が育てたって聞いたんやけど……ほんま？」

「うーん、全部ではないけど……まぁ、ホント、かなぁ」

セントウとかブドウとかクリとか……ここにある植物は俺だけの力で集まったわけではない。

「……村長は、枯れた木を元気にさせること、できる？」

「……見てみないと、なんとも」

うーん、なんか……深刻そう。

すると、アルラウネドーナッツを完食したフウゴが言った。

「ダークエルフの神木《しんぼく》イルミンスールが枯れかけてるんや。たぶん、もう長くないで」

「フウゴ!!」

「事実や。ダークエルフの大樹はもう死ぬんや……」

「まだや!!　まだイルミンスールは生きとる!!　ウチらの象徴が死ぬなんて……」

「姉ちゃん……」

イルミンスール。

ハイエルフたちにとってのユグドラシルみたいなもんか。その神木が枯れそうになっている？　……うむむ、俺なら助けてやれるかもしれないけど。

「なぁ村長。ここで会えたのも何かの縁や。ダークエルフの里に来てイルミンスールを診察してくれんか？　ダークエルフたちも日に日に元気がなくなって……」

「う、う〜ん……」

ライカの言葉にどうしたものかと迷っていると、フウゴが呆れたように言った。

「姉ちゃん……もう諦めろや。あのイルミンスールが死んだら、他の集落のイルミンスールのところへ行けばええやん。あれにこだわらんでも」

「ダメや。ウチらのイルミンスールは、あれしかないんや……」

うーむ……こんな顔されると、なんとかしてあげたくなる。

でも、ダークエルフの里か……遠いのかな。

「あのさ、ダークエルフの里ってどこにあるの？」

「……そういや、ここどこや？　姉ちゃん知っとる？」

「知らんわ」

「と、とりあえず、二人を助けたところまで行ってみるか。何かわかるかも」

「じゃあ、村長……」

「うん。まずは診察してみるよ。どこまでできるかわからないけど……」

「ああ……おおきに、おおきに!!」

ライカは、両手を合わせて頭を下げた。

ダークエルフの里か……上手くいけば、新しい交流の相手になるかも。

まぁ、まずはイルミンスールとやらをなんとかしないとな。

第二十五章　フウゴとライカの村散歩

「ダークエルフの里に行く？」

「ああ」

俺は朝食の席で、ミュディたちに言う。

ライカとフウゴは、けっこう遠いところから狩りで来たらしいということがわかった。怪我をした翌日、ライカたちと一緒にライカを見つけた場所まで向かい、ライカたちも見覚えのない場所だと言っていたんだよな。

このままじゃ帰れないと言っていたが、思わぬ方向からダークエルフの里の場所が判明した。

『ダークエルフの里？　ああ、ワイは知ってまっせ』

そう言ったのはセンティだ。

実はセンティ、ダークエルフの里近くで生まれたらしい。エサを求めてこっちまで来た理由が、センティの兄弟たちが強くて、追いやられたからだとか。

喋り方がダークエルフに似ている理由はそういうことか。

まぁ、これで帰ることはできるようになった。俺も二人と一緒に行くが、それはダークエルフの里にある神木イルミンスールの治療のため。

エルミナが、緑茶を啜りながら言う。

「イルミンスール……ハイエルフにとってのユグドラシルみたいなもんね」

「ああ。ライカたちの里にある神木が、枯れる寸前らしい。もしかしたら、俺に治療できるかもしれないし、ちょっと見てくるよ」

俺も緑茶を啜る……はぁ、朝食後の緑茶は美味い。

「アシュト、一人で行くの？」

「ん〜……護衛の人も数人呼ぶかな」

「あ、じゃああたしもついでに一緒に行きたい。ダークエルフの里ってどんなところか気になるし」

「私も行きたいわね……興味があるわ」

「あ、わたしも‼」

「お、おいおい……さすがに全員はダメだぞ」

遊びに行くわけじゃないしな。ま、遠距離の往診ってところだ。

「じゃあ、クジで決めよっか」

「シェリー、いつの間にそんなもんを……」

シェリーが手作りっぽいクジの棒を準備していた。

ミュディたちが一本ずつ掴み、同時に引く。それにしても、連れていくとは言ってないんだけど……俺の意見は完全に無視なのね。

アタリ棒は、先端が赤く塗られていた。

「ふふっ……今回は私ね」

アタリを引いたのは、ローレライだった。嬉しそうに笑い、先端の赤い棒をフリフリする。

「アシュト、出発はいつかしら？」

「………………」

どうやら、拒否権はなさそうだ。

◇◇◇◇◇

さて、ダークエルフの里に出発するための準備をする。

挨拶用にセントウ酒とワインを何本か、それとお菓子の詰め合わせも持っていく。

手土産を用意したあと、ライカとフウゴに確認する。

「ダークエルフの里ってどんなところだ？」

「えーっと、オレらは狩猟《しゅりょう》で生計を立てとるんや。武器は主に弓を使っとる。せやから、金属製の武器があれば嬉しいなぁ」

「あと、お酒やね。ハイエルフみたいに日当たりのええ場所やないから、酒がなかなか作れんのや。お酒があると嬉しいわ」

「武器と酒ね……じゃあお菓子とかは？」

「もちろん、子供たちは大喜びや‼」

どう見てもフウゴが一番喜んでいるな。

ライカはくすくす笑う。

「ウチら、昔から狩猟をやってきたから魔獣の解体は得意やで。今はリザード族が狩った魔獣を解体する仕事も請《う》け負《お》ってんねん。内臓や血は喰えんけど薬になるし、ウチの薬師たちは薬草よりも内臓や血を使った薬の精製が得意やで」

「ほぉ……一度会ってみたいな」

ライカの言う通り、内臓や血、骨を削って薬にする方法もあるけど、俺は薬草をメインに薬を作っている。

解毒剤を作るのに毒そのものを利用することはあるけど、内臓を使った薬の作り方の知識は俺にはない。

うん……向こうの薬師と話してみたいな。難しいかもしれないが、スカウトできないだろうか。

「ライカ、その薬師ってどんな人だ？」

「怖～い老婆と弟子の孫や。孫のエンジュはええ子なんやけど、オババがもうオーガみたいなやつでなぁ……」

「う……そ、そうか」

「でも、腕はええで。ウチやフウゴも怪我した時、オババやエンジュの世話になっとるからね」

ふむ、ちょっと怖いけどますます興味が出てきた。

系統の異なる薬師とは会ったことがない。ハイエルフの里はみんな薬草に精通していたけど、俺と同じで血肉を使った薬の使い方は知らなかったからな。ぜひ教えてほしい。

ダークエルフの里に持っていく土産は、エルダードワーフ製の武器と防具。そして酒とお菓子で決定。

里までの案内はセンティで、同行するのはローレライ。護衛はサラマンダー族の若頭グラッドさんと、舎弟頭のバオブゥさんだ。デーモンオーガの人たちは狩りでいなかったので、たまたま近くを歩いていたこの二人にお願いした。

そしてもう一人、シルメリアさんも同行することになった。

「ご主人様、道中のお世話はお任せください」

「え、でも」

「屋敷のことはご安心ください。マルチェラとシャーロットに任せてありますので」

はい、こんな感じで押し切られました。わかっていたけど、俺って押しに弱いよなぁ。

これが、ダークエルフの里へ向かうメンバーだ。そういえば、こういうの久しぶりだよな。

◇◇◇◇◇◇

翌日、フウゴとライカの体調が完全に回復した。

これならもうダークエルフの里へ向かえるが……その前に、せっかく緑龍の村に来たので、村の案内をすることにした。

フウゴとライカは、見るもの全てが珍しいのかずっとキョロキョロしている。

「すごいわぁ～……いろんな種族が共存しとるって噂、ガチやったんやなぁ」

「見てみぃフウゴ。あれ、エルダードワーフや」

「ほんまや。おお、あっちにはサラマンダー族が普通に歩いとるで」

姉弟、さっきからずっと喋りっぱなしで、俺が何か言う暇がないな。

「なーなー村長、オレら狩人やねん。この村の狩人がどんなんか見たいわ」

と、フウゴが言う。

村の狩人となると、やっぱりデーモンオーガかなぁ。

「わかった。じゃあ解体場へ行こうか。たぶん、狩りから戻ってきてると思う」

「やった!!　おおきに」

フウゴ、素直すぎてめっちゃいい子だな。

一方、姉のライカは果物を運ぶハイエルフたちを見ていた。

「ハイエルフ……」

「ハイエルフのことは知っているのか？」

「まーね。ウチらと似たような生活してる種族ってことくらいやけど……こうしていろんな種族に囲まれて暮らしているとは思わなかったわー」

「まぁ、うちのハイエルフは特殊だからな」

特にエルミナ。

そう思っていると、偶然果物の籠を風魔法で運ぶエルミナと出会った。

「お、アシュトじゃん」

「エルミナ。サボるなよー」

「うるさいわね!! ん……あんたら、ダークエルフ姉弟じゃん。怪我、もういいの？」

その問いにライカが頷く。

「ん、もう問題ないわ」

ライカはそれをキャッチ。そのままシャリッと齧り、笑みを浮かべる。

エルミナは、籠からリンゴを取り出し、ライカに投げた。

「そう。あ、そうだ。ほら、リンゴあげる。もぎたてで美味しいわよ」

「ん〜美味し!! おおきにな!!」

エルミナは手を振ってお礼に応える……え、なにこいつ。優しくね？

ライカと通じ合ったのか、エルミナは木箱を別のハイエルフに押し付け、こっちに来た。

「あんた、いい食べっぷりじゃない。気に入ったわ。お酒飲める？」

「もちろんや。こう見えて村一番の大酒飲みやで？」

「ふふふ。いいわね……今日、私の部屋で飲むわよ‼　私の友達も紹介してあげる」

「く～っ、ええなぁ。楽しみや」

ガッチリと握手。

その後、エルミナはこちらを向く。

「ね、アシュト。どこ行く予定だったの？」

「解体場だけど……」

「よし、私も行くわ。村の案内なら私に任せなさい‼」

「……まぁ、いいけど」

こうして、エルミナが加わった……ま、友達ができるのはいいことだ。

◇◇◇◇◇◇

解体場では、巨大イタチが解体されていた。

魔犬族の男三人組が中心となり、血抜きをして内臓を取り、肉を切り分け、切り分けた肉を村の巨大冷蔵庫に運んでいる。

アーモさんとネマさんは、毛皮を丁寧に洗っている。コートや帽子でも作るのかな。

作業をしていたキリンジくんが俺に気付き、近付いて挨拶してくる。

「お疲れ様です。村長」

「お疲れ様。ちょっと見学していいかな？」

「もちろんです」

キリンジくんの視線は、ダークエルフ姉弟へ。

「話は聞いていると思うけど、フウゴとライカだ。ダークエルフで、怪我がよくなったから村を回っている」

「なるほど。初めまして、キリンジです」

「よ、よろしゅう」

「よろしゅう……」

「……姉ちゃん、どしたんや？　顔赤いで？」

「や、やかましい!!」

フウゴの頭をポコッと叩くライカ。確かに顔が赤い。どうしたんだろう？

ライカはおずおずとキリンジくんに質問する。

「あ、あの……魔獣の解体、ですか？」

「ええ。初めて狩った魔獣なので、少し難儀《なんぎ》していますが」

「なら、ウチに任せてください。ダークエルフは狩猟一族、魔獣の解体ならお手のものです」

「そうなんですか。それはありがたいです」

「あと……け、敬語じゃなくていいので」

「……そうか。ならオレも。歳も近いようだし、普段の話し方でいいよ」

「う、うん。ありがと……」

なんなんだこれは。

ライカはキリンジくんと喋っている間、ずっとモジモジしている。話し方も変わってるし。

エルミナは「ほほう」と呟いてニヤリと笑った。

「いやぁ、青春ねぇ～」

「お前は何を言ってんだ？」

「ふふん。ま、鈍感ニブちんアシュトにはわかんないわよ」

「は？」

なにこいつ、めっちゃムカつくんですけど。フウゴも首を傾げているし、この状況をわかってないのは俺だけじゃないんだが？

ライカはキリンジくんと一緒に魔獣の解体を始めた。時折魔獣を指さしながら何か説明して、そのたびにキリンジくんはニッコリ笑っている。

その時……俺の肩に手が置かれた。

「村長……どういうことかな」

「の、ノーマちゃん？　い、いつの間に」

「あれ、誰？」

ノーマちゃんはなぜか怖い笑みを浮かべ、ライカを指さす。

ダークエルフ姉弟が村にやってきたことは知っているはずなのに……名前を知りたいのか？

ドキドキしながらライカのことを紹介すると、ノーマちゃんは白い目でキリンジくんを見た。

「ライカね……ふーん」

「あの、ノーマちゃん……？」

「ま、べつにいいし。キリンジが誰と話そうと、あたしには関係ないしー」

「その、ノーマちゃん……い、痛いんだけど」

俺の肩に置かれたノーマちゃんの手が、徐々に握力を増していく。

『そうか。ここにはこうやって刃を入れるのか……すごい、毛皮が綺麗に切れる』

『でしょう？　魔獣の毛皮って、加工すればいろいろ使えるんや。服にしたり、帽子にしたり……ダークエルフにとっては少しも無駄にできない、大事なモンなんや』

『なるほど、だから解体の技術力が高いんだな……すごい』

『えへへ……』

「〜〜〜〜〜〜っ」

「痛い痛い痛い痛い痛い!?　ノーマちゃん肩が砕ける!!」

ノーマちゃんは俺の肩を粉砕せんとばかりに握る。

エルミナはニヤニヤしながらその光景を見ており、フウゴはよくわかっていないのか首を傾げてボケーッとしている。

ああ、ようやくわかった。これ、三角関係だわ。

結局、解体が終わるまで俺はノーマちゃんの握力から逃れられなかった。

第二十六章　的当て大会

フウゴとライカが『あとちょっとだけ村にいたい』というので、出発を数日遅らせることになった。

二人は、朝食が終わるとすぐに家を出てしまった。フウゴは鍛冶場へ向かい、ライカはエルミナと一緒にどこかへ行ったようだ。

どこに行ったのか少し気になり、村を歩いていると、ハイエルフのルネアと出会った。

ルネアは、手に弓を持っている。

「あ、村長」

「よう。弓を持ってどこに行くんだ？　狩りか？」

「んーん。これからハイエルフで集まって、的当て大会やるの。ダークエルフのライカも加わってね」

「的当て大会……？」

「うん。魔法ナシで、弓の腕前だけでどれだけ的に命中させられるか勝負。優勝賞品は、ディミトリ商会の高級酒……だからエルミナが張り切ってるんだよね」

「ディミトリ商会の高級酒って……そんな予算どこから？」

「リザベルが『面白そうなので無償で商品を提供します』って言ったの」

「あいつも道楽者だな……」

ともかく、これでエルミナとライカの行先がわかった。

せっかくなので、ルネアと一緒に大会会場へ。

到着したのは、建築用資材が置いてある村の外れだった。ここは、家を建てるために伐採した木を置く場所だ。けっこうな広さで、加工した木材や、そうでない木が並んでいる。

広場の外れに、ハイエルフたちが集まっている。数は二十人くらいで、一人だけダークエルフのライカがいた。

「おーい」

「ルネア遅い……って、アシュト？　なになに、あんたも出場したいの？」

「お前ら、いつの間にこんな大会を……」

俺が言うと、エルミナは胸を張る。こいつ、自慢げに喋る時、必ず胸を反らすんだよな。

「ふふーん。この的当て大会は私が発案者なの!!　最近、収穫や農園の整備で狩りとかできないからねー、弓矢の腕が鈍《なま》らないように、的当て大会を提案したのよ!!　最初は五人くらいでやってたんだけど、いつの間にかみんな集まっちゃってね」

「そうだったのか……それにライカも参加しようと？」

「せや!!」

ライカも胸を張る。うーん、エルミナより小さいな。

「ウチ、弓には自信あるんや。ふっふっふ、負けへんで!!」

「望むところ!!　私だって弓には自信ありよ!!　八百年の練習の成果、見せてやるわ!!」

ライカとエルミナが燃えている。ってかエルミナ、八百年も練習したのかよ。

他のハイエルフたちも、気合が入っているように見えた。

「では、さっそく始めたいと思います」

「うおっ……リザベル、いつの間に」

リザベルがいつの間にか俺の隣にいた。

ルールは簡単。制限時間内に、用意した的に矢を当てるだけ。スタート地点のサークルから出てはならず、的に当てた数、正確さを競う大会だ。思った以上にガチだな。

リザベルは、手をパンパン叩く。

「では、的の準備をお願いします」

「「「おー!!」」」

『『『おー!!』』』

「うおっ、ポンタさん？　それにハイピクシーも……」

可愛らしい真っ黒なモグラ。ブラックモール族のポンタさんたちと、花の妖精ハイピクシーのフィルとベルたちが、木の的を持って広場に散る。

なんでこんなことしているのか、フィルとポンタさんを呼び止めて聞いてみた。

『えへへ。お手伝いしたら、美味しいお菓子くれるって』

「ぼくたちも、美味しいお酒をもらえるんだな!!」

完全な買収だった。リザベル……こんな純粋な子たちを買収するとは。

リザベルをジト目で見たら、彼女はニヤリと笑った。

「闇悪魔族《ディアボロス》にはこんな言葉があります。『ギブアンドテイク』……ふふふ」

「……まぁいいか」

悪いことをしているわけじゃないしな。

やがて的の準備が整った。

俺はリザベルに引っ張られ観客席へ。

観客席には、手伝いをしたブラックモールたちとハイピクシーたちが座っていた。やばい、モフモフなブラックモールたちに囲まれてすごく気分がいい。それに俺に群がるハイピクシーたちも可愛い。

「ではこれより、的当て大会を始めます。第一射手、前へ!!」

「へっへーん。あたしの腕、見せてやるわ!!」

司会のハイエルフの言葉を受けて出てきた最初の射手はメージュ。腰の矢筒をポンポン叩き、不敵な笑みを浮かべている。

「構え!!」

「………………」

メージュは矢筒から矢を抜き、弓に番《つが》えた。

「始め!!」

「──ッシ」

パシュン!!　と矢が飛んだ。メージュは飛んだ矢を確認することなく次の矢を番えて放つ。

そして十本連続で放ち──全ての矢がなくなると、そっと息を吐いた。

「え、終わり？　十秒も経ってないぞ」

『すっごーい……』

「見えなかったんだな……」

フィルとポンタさんも驚いていた。

ハイエルフたちは平然としている……エルミナ、欠伸《あくび》するなよな。

隅っこで待機していた係のブラックモールたちが、的を回収して持ってきた。

的は十個。見ると……おいおい、全部ど真ん中に当たってるじゃねぇか。

「では、測定します」

リザベルは、メガネを光らせて計測。

「メージュ様。全命中。得点八!!」

「あ〜……八点かぁ」

「え、どういう基準……？」

首を傾げる俺。あとで知ったが、全部命中させるのは当たり前で、どれだけ中心に命中させられるかを競っているらしい……いや、全命中ってどんだけよ。

メージュ以外のハイエルフも似たような腕前だった。ほんの十秒くらいで弓を射終える。

そして、リザベルが的の中心からどれだけ離れているかを計測する。『鑑定』が付与された眼鏡で、ミリ単位で測っているのだとか。

現在の最高点は八。この点数を出したのはメージュ以外にもいっぱいいた。

そしてついに本命（自称）の出番が。

「私の出番ね!!」

エルミナだ。相変わらず自身満々だな。

リザベルが眼鏡をクイッと上げる。

「では、始め!!」

「っしゃぁ!!」

てっきり大失敗するかと思いきや、エルミナも鮮やかに矢を射る。そして約十秒後、矢を撃ち尽くすと息を切らせて拳を突き上げる。

「どんなもんよ!!」

どうやらかなりの手応えがあったらしい。

ブラックモールたちが的を回収し、リザベルが計測する……すると。

「エルミナ様。全命中。九点!!」

「いやったぁ!!　私が一番!!」

マジかよ。失敗して大泣きするかと思ったのに……いや、嬉しいよ？

ハイエルフたちに囲まれ上機嫌のエルミナ。

そして最後の射手の出番がやってきた。

「みんな、なかなかやるやん……でも、ウチのがすごいで」

ライカだ。彼女は弓をくるくる回し、首をゴキッと鳴らす。

そして、矢を十本全て手で掴んだ。

「っしゃ!!　行くで!!」

「始め!!」

リザベルの合図で、ライカの弓が大暴れした。

「あっちょぉぉぉーっ!!」

ビュンビュンビュンビュンと、とんでもない速さで矢が飛んでいく。その速度はエルミナより速い。

約五秒後……矢が全て的に命中。ブラックモールたちが回収し、リザベルが鑑定する。

「これは……じゅ、十点です!!　すごい、完璧です!!」

「やっはーっ!!　どうやっ!!」

ライカは大喜び。ハイエルフたちは唖然として、エルミナはガクッと崩れ落ちた。

「ま、負けたわ……」

「いやー、狩人として弓だけは負けたくなかったんや。つい本気出してもうたわー」

「うう……ライカ、あんたの勝ちよ」

と、商品の高級酒を渡すエルミナ。

ライカは受け取った高級酒を掲げ、全員に言う。

「みんな!! 今日はこの酒で飲み会やで!!」

「「「「きゃぁぁぁぁ!!」」」」

ハイエルフたちが歓声を上げ、ライカを囲んで褒めそやした。

こうして、ハイエルフとダークエルフの的当て大会が終わった。

『すごかったねー、アシュト』

フィルが興奮したように言った。

「あ、ああ。というか、ライカの弓すげぇな……」

「村長。村長はやらないんだな？」

ポンタさんが純真無垢《じゅんしんむく》な目で俺に尋ねる。

「ゆ、弓はやったことないから……」

そう返答したあと、俺はリザベルに聞く。

「そういえばお前、なんでハイエルフの的当て大会に協力していたんだ？」

「もちろん、面白いからですよ」

面白いねぇ……まぁ確かにかなりワクワクしたし、神業《かみわざ》みたいな的当てを見られた。

見れば、ハイエルフたちは各自の酒を持ち寄っている。

もう少ししたら飲みすぎて運ばれてくる奴が出るだろうし、俺は薬院に戻るかな。

第二十七章　ダークエルフの里へ出発

大盛況に終わった的当て大会の数日後。

センティに荷物を載せ、ダークエルフの里への出発準備は整った、が。

「センティ、お前……なんか短くなってないか？」

『ふっふっふ。さすが村長、気付きましたか』

「いや誰でも気付くぞ……」

前は村を一周しても足りないくらいに伸びていたのに、今は二十メートルもない。

身体を団子みたいに丸めているわけでもなく、本当に短くなっていた。

『実はワイ、身体を切り離すことができるようになったんや!!　好きな長さでプッツンして、短いと感じたらまたくっつけてまたプッツン!!　これなら『長くて邪魔』と言われることもないで!!』

「……そ、そうか」

身体を自由に切り離してはくっつけられるって……どんな生物だよ。

ツッコミどころが多すぎるが、もういいや。

ライカとフウゴもセンティに驚いている。

「これ、キングセンティピードやんな……なんでここに？」

「知らんわ。それよりフウゴ、父ちゃん母ちゃんに怒られる覚悟、ちゃんとしぃよ？」

「う……し、仕方ないやん。魔獣に襲われたんはオレらのせいやない」

「関係ないわ。はぁ～……ウチも気が重いわ」

「おーい、そろそろ行くぞー」

俺が声をかけると、ライカとフウゴはセンティに乗った。

薬院はフレキくんに、村のことはディアーナに任せたから安心だ。

手土産もばっちりセンティに積んだ。ダークエルフの里と交流が持てるかもしれないから奮発したが、果たして上手くいくのかな。

と、ここで俺は嫌なことを思い出してしまう。

「げっ、そういえば……」

「アシュト、乗るわよ」

「叔父貴《オジキ》、どうぞ」

「ささ、叔父貴《オジキ》」

「う……」

すっかり忘れていたけど、センティに乗ると、めっちゃ酔うんだよな……

◇◇◇◇◇◇

緑龍の村を出発して半日が経過。

センティのスピードでも、到着に三日はかかるらしい。

どうやらライカとフウゴは、あの巨大なバケモノ鳥にかなり離れた場所まで連れてこられたようだ。

相変わらずセンティの背中は揺れ、俺は気持ち悪さで青くなっていたが、ライカとフウゴ、ローレライとシルメリアさん、グラッドさんとバオブゥさんは平然としていた……なんか、俺だけ情けない。

夕方になったので、そろそろ野営することに。

いい感じの泉があり、周囲には危険な魔獣もいない。ここで休もう。

センティから下りると、グラッドさんとバオブゥさんは積んでいたせっせと金属板を降ろし、組み立てていく。

その様子を見たフウゴが、俺に聞く。

「なんや、これ？」

「エルダードワーフが作ってくれた組み立て式テント。テントというか小屋みたいだけどな」

布製ではなく金属製なのが少し変わっているといえば変わっている。金属と金属は噛み合うように作られているので、分解も組み立ても超簡単。しかも軽いのだ。

ベッドが二つ入るくらいのスペースだが、中は快適そのもの。非常に頑丈なので安心感もまた違う。

ただし、一つしかないので俺とローレライが使うことになった。ライカとフウゴに使ってもらおうと思ったのだが、布のテントで十分だと言われた。

ということで、ライカとフウゴ、シルメリアさんは普通のテントで寝て、サラマンダーの二人は交代で見張りをする。彼らの寝る場所はセンティに括り付けている箱の中だ。

グラッドさんたちが小屋とテントを準備している間、シルメリアさんは手早く竈と折り畳み式の椅子とテーブル（もちろんこれもエルダードワーフのお手製）を準備し、夕食の支度を始めた。

その間、俺とローレライはセンティに果物を食べさせる。

「センティ、お疲れさん。今日はゆっくり休んでくれ」

『おおきに!!　いやぁ、故郷に帰るのは何年ぶりやろか……兄弟たち、元気かなぁ』

「あら、あなた、追いやられたんじゃなかったのかしら?」

『そうやけど……まぁ、縄張り争いに負けたせいやし、恨んでなんかないで。それに、今のワイなら兄弟だろうと逃げ切ってみせるで!!』

「逃げる前提かよ……戦えよ」

『い、いやぁ……どうも戦いは』

キシキシと鳴くセンティ。

この巨大ムカデとも長い付き合いだな。村では怖がる人はもういないし、運搬係として、なくてはならない存在となっている。

ライカとフウゴが近付いてきた。

「でっかいわぁ～……そういや、里の周りにもキングセンティピードがおったけど、こんなにデカくなかったわぁ。なぁ姉ちゃん」

『へ？　そうなんでっか？』

「うん。みんな十メートルくらいの長さやで。葉っぱや果物食べてるのを見たことあるわ」

『う～ん？　兄弟たちも分離できるようになったんかなぁ？』

分離ねぇ……こんな真似ができるのはセンティくらいな気もするけど。

ところで、分離した身体は村に置いてあるんだよな？

バルギルドさんとかが、間違って解体しちゃってたりして。

「皆様、食事の準備が整いました」

シルメリアさんの声が聞こえた。

「お、待ってたで!!」

「こらフウゴ、みっともない姿晒《さら》すなや!!」

ライカにどつかれるフウゴを見て、俺とローレライは思わず笑った。

こういう野営って久しぶりだ。また今度、みんなでオーベルシュタイン領土を巡る旅をするのも楽しいかも……なんてね。

今日の夕飯は……スープカレーだな。

エルダードワーフが開発した、野外でコメを炊く道具で作ったコメは、多少焦《こ》げていたが、逆にそこがなんとも美味かった。

そこに、シルメリアさんのスープカレーをかけて食べると……

「う、うんめぇぇっ!!　銀猫姉ちゃん、美味いわこれ!!」

「ありがとうございます」

「銀猫姉ちゃん、おかわり!!」

「はい。それと、シルメリアとお呼びください」

フウゴが大興奮。俺も食べる手が止まらない。

ローレライの手も速く動き、グラッドさんとバオブゥさんもガツガツ食べている。

こうなるのがわかっていたのか、シルメリアさんは炊き出し用の鍋でスープカレーを作っていた。

俺ですら三回もおかわりしてしまった。

「叔父貴《オジキ》、シルメリア姐《ねえ》さん、ゴチになりやした」

「ゴチになりやした!!」

「ごちそうさまでした。そういえば、グラッドさんたちと夕食を一緒に食べるのは初めてでしたね」

俺が言うと、サラマンダー族の二人は恐縮したような笑みを浮かべた。

さて、このあと二人は交代で周囲を見張るようだ。

シルメリアさんが食器を片付けている間に、俺は大きめの鍋に水を汲み、杖で軽く叩く。すると、鍋の水がお湯になった。

「ローレライ、ライカ、これで身体を拭いてきなよ」

「あら、ありがとうアシュト」

「おおきに、村長!!」

ローレライとライカはテントに向かい、俺はシルメリアさんの手伝いをする。

食器を片付け、明日の朝食の準備をしていると、フウゴも来た。

「オレも手伝うで。世話になりっぱなしは性に合わんからな!!」

せっかくなので手伝ってもらう。

意外にも、フウゴの野菜を切る手つきは素人のものではなかった。ダークエルフは解体が上手いが、野菜のカットもお手のもののようだ。

朝食の仕込みを終え、俺とフウゴも身体を拭いて着替え、明日に備えて組み立て式テントに入る。

テント内には、折り畳み式の簡易ベッドがある。よくもまぁ、こんな立派なのを開発したもんだ……これ、ディミトリ商会に売れるんじゃないか？

「アシュト」

「ん、ローレライ」

「そろそろ寝ましょう。明日も早いわ」

「ああ」

ローレライと一緒にベッドに入り、お互いに身体を寄せる。

「ふふ、ミュディたちには悪いけど……私が一人じめしちゃうわ」

「お、おい。さすがに……」

「わかってる。でも、抱きついて寝るのはいいでしょ？」

「……うん」

ローレライを優しく抱きしめ、朝までぐっすり眠ることができた。

◇◇◇◇◇◇

それから三日後、少しずつ森の景色が切り替わっていくのがわかった。

「姉ちゃん、ここ」

「うん、見覚えあるわ。もうすぐ里に到着や!!」

『ワイも見覚えありますわー……懐かしい』

フウゴ、ライカ、センティの言葉。

幹や根の太い、大きな樹木が目立ってきた。

緑龍の村近くの森とは雰囲気が違う。若い木が少なく、樹齢何百年も過ぎたような老木が多くなっていた。特に整備されたわけでもないのに道が広い。

葉の色も深い緑だし、まるで森の深淵とでも形容すればいいのか。木々が高いから光も少なく、朝なのに夜みたいな景色だ。

「不思議……なんだか落ち着くわ」

「確かに……」

この森の景色は嫌いじゃない。むしろ落ち着く。

こういうところに小屋を建ててのんびり読書したい。

ライカが話しかけてくる。

「村長、もうすぐで到着や」

「わかった。住人たちの説明は任せるぞ。最優先はイルミンスールの治療だ」

「わかっとる。頼むで、村長」

ライカは笑顔で頷いた。

それから三十分ほど走ると――

「見えた。あそこやで!!」

フウゴが前方を指さした。

深い森の中で、光に照らされて輝く集落を見下ろすことができた。集落のところだけ大きな木が伐採されており、太陽の光が降り注ぐようになっているのだ。

あれがダークエルフの里か。

里の中央には、一本の大樹が天高くそびえている。ここからでもわかるくらいの、圧倒的存在感だ。

ハイエルフの里にあるユグドラシルに似ている。でも……老いた木というのはすぐにわかった。

葉は茶色く濁り、枝も腐りかけ。全体的に見てもボロボロだ。こんな遠目からでもわかるなんて、あの木はまだ生きてるのか?

「村長……」

俺は、ライカの不安げな顔を見ることができなかった。

第二十八章　神木イルミンスール

ダークエルフの里。

陽光をさえぎるほどの深い森の中で、唯一光が差している場所。周りが暗いから、余計明るく見える。森の中だとすごく目立つな。

里の入口には丸太を立てたような囲いがあり、魔獣の侵入を防いでいた。

「到着や!!」

「そうやな……フウゴ、怒られる覚悟は？」

「で、できとる……で、でも!!　魔獣に襲われたんはオレらのせいやないで!!」

「そうやな……」

ライカとフウゴは、なぜか沈んでいる。帰ってきたのになんでだ？

センティが里の入口に到着すると、丸太の囲いから一斉にダークエルフたちが弓矢を向けてきた。

「叔父貴《オジキ》、下がってくだせぇ」

「ここはオレらが」

グラッドさんとバオブゥさんが、俺とローレライの盾になるように立ちはだかる。

シルメリアさんは表情を変えずに佇んでいるが、冷たい殺気を放っていた。

「ま、待って待って、待った!!」

慌ててグラッドさんたちを制止する。

『ひぃぃぃぃっ!!　に、逃げ』

「お前も落ち着け!!　つーかお前の身体に矢が刺さるわけないだろ!!」

ガタガタ震えるセンティを落ち着かせた時、ライカが叫んだ。

「やめや!!　みんな、ウチや!!　ライカや!!」

「オレもいるで!!　フウゴや!!　安心せぇ、敵じゃないで!!」

ナイスだ二人とも。

ダークエルフの間に動揺が走る。弓矢は構えたままだが、騒ぎが大きくなっていく。

すると、入口から屈強なダークエルフ数人と、緑色の肌を持つトカゲ……リザード族が数人出てきた。

「村長、下りるで」

「あ、ああ」

ライカの言葉に頷くと、グラッドさんが話しかけてきた。

「叔父貴《オジキ》、何があろうとオレらが盾になりやす」

「は、はい」

ローレライはまだ警戒している様子で口を開く。

「ダークエルフの里……雰囲気はステキだけど、手荒い歓迎ね」

「そりゃそうだろ。ローレライ」

シルメリアさんはいつも通り落ち着いていた。

「ご主人様、私は後ろに控えていますので」

「シルメリアさんがぶれなくて、ありがたいよ……」

俺たちはセンティから下り、ダークエルフたちと対面した。

「げ……と、父ちゃん」

「か、母ちゃんも……ウチら、やばいかも」

「フウゴ……」

「ライカ……」

筋骨隆々《りゅうりゅう》なダークエルフの男性、長い髪のおっとりしたダークエルフの女性が俺たちの前に進み出る。

うん、顔がそっくりだ。フウゴとライカの両親で間違いないな。

「お前ら、今まで何しとったんじゃ!!」

「「ひっ」」

「まったく、里の人らに迷惑かけて……みんな心配しとったんやで!!」

「「ご、ごめんなさい……」」

うわー……怖い。二人ともしょんぼりしちゃったよ。

でも、この二人は魔獣に襲われてしまっただけで、勝手に家出したわけじゃないんだよなぁ。とりあえず、ちゃんとそのことを説明しないと。

「あ、あのー、すみません」

「部外者は黙っとれ!!」

「すみませんでした」

うん、怖い。

一瞬で引き下がった俺は、このまま帰ることまで考えていた。

「父ちゃん、母ちゃん、イルミンスールを治せる人を連れてきたんや!! 村長、村長!! こっち来てこっち!!」

「げっ……」

おいフウゴ、怒鳴られたばかりの俺に『こっち来い』とは。

両親だけじゃなくて、後ろのリザード族や他のダークエルフも俺を見ている……仕方ない。

俺がみんなの前に出ると、ダークエルフ父ちゃんが睨んできた。

「あんた、フウゴから何を言われたか知らんが、イルミンスールはもう寿命や。うちの薬師もサジを投げとるし、他人にどうこうできる問題やないねん。さっきは怒鳴って悪かった……うちのバカ息子とバカ娘をここまで送ってくれたこと、感謝するで」

「あ、はい」

「ちょちょ、村長!!　なに納得してんねん!!」

いやだって、めっちゃ礼儀正しいよこのダークエルフ父ちゃん。

フウゴがギャーギャー騒ぐが、ダークエルフ父ちゃんの拳骨《げんこつ》が落ち、頭を押さえて蹲《うずくま》ってしまった。ライカはというと、ダークエルフ母ちゃんに締め技を喰らって喋れないでいる……俺の出番、ないんじゃないか？

でも、せっかくここまで来たんだし……ちょっとだけでも、見せてもらえないだろうか。

「確かに、あなたの言う通りだと思います。よそ者の俺がとやかく言うことでもありません。ですが、植物のことに関してなら、俺は自信があります。どうか診察だけでもさせてもらえないでしょうか」

『植物』という俺の魔法適性と、『緑龍の知識書《ムルシエラゴ・グリモワール》』があれば、なんとかなるかもしれない。

友好関係とか、あわよくば交流できたらとか、ダークエルフの薬師とか、いろいろ興味はあった。でも、今は純粋に植物のためにできることがあるかもしれないと考えている。自分の意志で俺は言っている。

ダークエルフ父ちゃんは黙り込んだままだ。

「…………」

「お願いします。診察の許可を」

「…………」

「と、父ちゃん……」

フウゴが頭を押さえながら立ち上がり、ライカも母の拘束から逃れた。

その時、ダークエルフ父ちゃんの後ろから声が聞こえてきた。

「そこまで言うなら、見てもらおうかのぉ」

リザード族の後ろから、腰の曲がった老ダークエルフが、杖をつきながら歩いてきた。

「じ、爺ちゃん‼」

「親父……だが」

フウゴとダークエルフ父ちゃんが老ダークエルフを見て声を上げる。

「クォックォックォ‼　まぁええじゃないか。見てわからんのか？　この若造……ただもんやないで？」

「なに？」

困惑するダークエルフ父ちゃんに、老ダークエルフはため息を吐く。

「やれやれ……お前に里長はまだ早かったかのぅ」

「な、お、親父⁉」

「若いの、ワシが許可する。イルミンスールを診《み》てやってくれ」

「は、はい……」

老ダークエルフは、子供のように笑った。

◇◇◇◇◇◇

ダークエルフの里は、高床式の住居がメインで、農業はせず狩猟業だけで生活しているようだ。

あとは森の果実や山菜などを収穫して食料にしているみたい。

集落のあちこちで魔獣の皮が干されているのを見かけた。骨も一緒に置いてあり、こちらは加工して武器にするらしい。ダークエルフが使う武器は弓がメインだが、ナイフなどは魔獣の骨を削って作ったもののようだ。

村に入る前に贈りものを降ろして送ると、住人から喜ばれた。

「おお、鉄の矢だ!!」

「見てみぃ、剣にナイフや。これで解体が楽になるで」

「鍋もある!!」

「包丁に食器、ありがたいわ!!」

「見て、お酒もあるわ!!」

「果物やお菓子もあるで!!」

ダークエルフは物資に群がり、さっそくお菓子や酒を飲もうとしていた……が。

「やめろ!!　ったく、おめぇらハイエナじゃねぇんだ。物資はあとで確認して、平等に分けるからな。それまで大人しゅうしとれ!!」

ダークエルフ父ちゃんの一喝で住人たちはピタッと止まった。

怖いけどしっかりしているな、この人。

ダークエルフ父ちゃんはこちらを振り向いて頭を下げた。

「あー……土産に感謝する。おいフウゴ、ライカ。エンジュを連れて客人をイルミンスールまで案内せえ」

「わかったで‼　こっちや、村長」

「あ、ああ」

フウゴに引っ張られ、俺とローレライ、シルメリアさん、グラッドさんとバオブゥさんはイルミンスールのある集落の中央へ向かう。

途中、ライカがイルミンスール近くの一軒家に寄るというので付いていく。ちなみに、この里の住居はハイエルフの里と同じような天幕なので、ノックという概念はない。

「おーいエンジュ、おーい」

ライカが呼びかけると、中から一人のダークエルフの女性が出てきた。

「はーい……あ、ライカやん。生きとったんか」

「しょっぱなから失礼やな……まぁええ。父ちゃんの命令や、イルミンスールまで一緒に行くで」

「ええけど……そちらさんは？」

褐色肌に長い耳、灰色の髪をポニーテールにした少女だ。年齢は十八歳くらいで、刺繍の入ったミニスカートに、以前海で見たミズギみたいな胸当てをして、マントを羽織っていた。

ライカが彼女を俺に紹介してくれる。

「村長、この子はエンジュ。ダークエルフの薬師や。エンジュ、この人は噂にあった人間の村の村長さんや」

「はじめましてー、うちはエンジュ。よろしゅう」

「初めまして。俺はアシュト、緑龍の村の村長で、あなたと同じ薬師です」

「お、あんたも薬師なん？」

「はい。俺は薬草系を専門としているんですけど、あなたは魔獣や動物の肝や内臓を使って治療するとか」

「せやで。なんやなんや、なかなか面白そうな人やんか。よかったら家の中見ていく？　うちもあんたの話聞いてみたいわ」

「ぜひ!!　話を聞いた時からお会いしてみたくて」

「お？　もしかしてうち、口説《くど》かれとる？」

「ははは、そうですね。もしよろしければ、これを機に――」

「アシュト？」

ローレライが俺の腕をつねってきた……やべ、ちょっと冗談がすぎた。

ローレライは腕をつねったまま、ニッコリして自己紹介する。

「初めまして。私はローレライ……アシュトの妻です」

「お？　なんや奥さんいたんか。だめやでー？　奥さんの前で他の女を口説くなんて」

「……反省しています」

「あっはは。それより、イルミンスールやろ？」

「は、はい」

俺は真面目な顔に戻して頷いた。

「イルミンスールのことは詳しくないので、いろいろ聞かせてください」

「ええで。それと、歳も同じくらいやし、敬語は必要ないで」

「そう？　わかった。じゃあ行こう」

果たして俺に、神木とまで呼ばれる木を治せるのか……

◇◇◇◇◇◇

神木イルミンスール。

大樹ユグドラシルと同等の大きさだが、葉は枯れて枝は朽ちてしまっている。

神木周辺の土も色が悪く、見上げても全貌を掴めないほど巨大な木なのに、不思議と存在感が小さく感じた。

シルメリアさん、グラッドさんとバオブゥさん、ライカとフウゴには下がってもらい、ダークエルフの薬師エンジュと一緒にイルミンスールの周りを調べる。

「……ひどいな。土が死んでいる」

水気のない、ぱさぱさの土だ。

色は真っ黒で、まるで土まで腐っているような感じがする。

……待てよ？　これってもしかして。

「……エンジュ、この匂いって」

「ああ、これは魔獣の血と内臓の匂いや。クエイクドラゴンの肝を乾燥させて粉末状にして、精力剤にもなる火龍の血を混ぜて撒いたんや」

「……ほかには、どんな処置を？」

「あとは、魔獣の死体やらを埋めたわ。大地の養分になると思うてな」

「………………」

土の汚染原因はなんとなくわかった。

これについての追及はあとにして、とりあえず土を蘇《よみがえ》らせよう。

土自体が死んでいるとなると、ワーウルフ族の里で使った『土壌回復《アースヒール》』が役立つだろう。

さっそく『緑龍の知識書《ムルシエラゴ・グリモワール》』を取り出し、杖を抜く。

「何するん？」

「まず、イルミンスール周辺の土を蘇らせる」

念じながら本を開くと、お目当ての呪文が出てきた。

＊＊＊

『植物魔法・基礎』

○土壌回復《アースヒール》

土が汚染されちゃって農作物が育たない（泣）!! なら……回復させちゃおう!!

この魔法は土壌の毒素を分解、栄養にしちゃう♪ 美味しい農作物、期待してるからね♪

＊＊＊

これこれ、なんか懐かしいな。

俺は杖を構え、本を持ち、呪文を唱える。

「愛《いと》おしい我が大地、不浄なる大地、恵みの大地、全部まとめてひっくり返れ、『土壌回復《アースヒール》』」

魔法を発動させると、イルミンスール周辺の土がボコボコと沸騰したように脈動し、黒い土と地面深くの土が混ざり合う。

毒素を分解する効果もある魔法だ。これなら大丈夫だろう。

エンジュは魔法を見て目を丸くしていた。

「す、すごい……なぁなぁ、これ何してるん？」

「……土に溜まった毒素を分解しているんだ」

「へ……？」

あまり言いたくないが、同じ薬師として言わなくてはならない。

「エンジュ。イルミンスールがこうなった原因は……魔獣の血や内臓、死体、それらが地中で毒になって、イルミンスールを根元から蝕《むしば》んでいるからだ」

「……え？」

「俺の予想だけど、イルミンスールが枯れる前から、魔獣の血や内臓をあげたり、死骸を埋めたりしてたんじゃないか？」

「う、うん……毎日やっとったわ。死骸も、数日に一度」

「それが原因だよ。いいか、魔獣は確かに土に還る。でも、内臓や血液が分解されるのに、最低でも数年は必要なんだ。小さな鳥一羽だって、骨になるのに一年はかかるんだからな」

「じゃ、じゃあ……」

「ああ。土の中には、腐敗した魔獣がたくさんいる。少しなら問題ないし、イルミンスールも栄養にしただろうけど、大量の魔獣が数日おきに埋められたことで、土に還る前に血や内臓が毒になったんだ……」

「そ、そんな……」

『探索《サーチ》』を使って土壌を確認すると……あるわあるわ、大量の魔獣の死骸や骨。

魔獣同士が土の中で集まり、とんでもない毒になっている。これがイルミンスールが朽ちた原因だ。

でも、まだ希望はある。イルミンスール自体はまだ完全に朽ちていないみたいだからな。

「土はこれでいい。あとは樹木だけど……」

成長とは違うので『成長促進《グロウアップ》』は使えない。

樹木そのものを治療する魔法は……

＊＊＊＊＊＊＊＊＊＊＊＊＊＊＊＊＊＊＊＊＊＊＊＊＊＊＊＊＊＊＊＊＊＊

『植物魔法・基礎』
○樹木回復《ツリーヒール》
木が死んじゃう、死んじゃダメ（泣）!!　なら……回復させちゃおう!!

朽ちた樹や折れた枝を修復しちゃう♪　いい？　木はお友達、ちゃんと治してあげてね♪

＊＊＊＊＊＊＊＊＊＊＊＊＊＊＊＊＊＊＊＊＊＊＊＊＊＊＊＊＊＊＊＊＊＊

わかってます、シエラ様。

俺は薬師、そして植物の魔法師。治せるなら治す。

人も植物も、俺からすればみんな大事な隣人だ。

杖をイルミンスールに向け、魔力を集中させる。

「命ある樹木、死にゆくことなかれ。大地に根を張る樹木に祝福あれ。『樹木回復《ツリーヒール》』」

魔法が発動し、杖先から緑色の根っこがブワッと伸び、イルミンスールに巻き付く。

杖から伸びる根っこは止まらない。ユグドラシルに匹敵《ひってき》する大きさのイルミンスールが、俺の杖から出る根っこにすっかり覆われてしまった。

「な、なんじゃこりゃあ⁉」

「村長、すっごいわぁ～……」

フウゴとライカが仰天《ぎょうてん》し、エンジュも驚きイルミンスールを見上げている。

一方でローレライ、シルメリアさん、グラッドさん、バオブゥさんは、俺やることに慣れているのか平然としていた。

この根っこは、イルミンスールにとっての包帯……いや、ちょっと違うか。破損した箇所を根っこが一体化して修復するんだ。

腐った場所に根っこが溶けるように消えていく。すごい、腐りかけだった大樹が、見る見るうちに美しい大樹に戻っていく。

「すごい……あんた、なにモンや？」

「ただの魔法師だよ」

「う、うっそやん‼　うちがしてきたこと、全部無駄だった……こんな修復できるやつが、ただの魔法師なんてありえんわ‼」

エンジュは泣いていた。

きっと、悔しいのかもしれない。薬師として、自分がしてきたことが間違っていた。そして、部外者の俺があっさりと治してしまったから。

「うち、間違ってたんか……」

「そうだな。でも、間違えたなら勉強して学べばいい」

「…………」

「エンジュ、さっきの話。エンジュの仕事場、見せてくれよ」

「……あんた、ええやつやな」

「はは、そりゃどうも」

「ふふ……」

こうして、イルミンスールは修復された。

原因も解明したので、これからは土に魔獣を埋めることはないだろう。今はまだ枝のままだが、時間が経てば立派な葉を茂らせるはず。

イルミンスールの異変に気付いたのか、ダークエルフたちが集まってきた。

「あ、父ちゃん!! 母ちゃん!!」

「こいつは……やったんか、客人」

「はい。なんとか……」

ダークエルフ父ちゃんはイルミンスールを見上げ、フンと笑う。

「やるやんけ。それと、おおきに」

「は、はい」

「よし、メシ食ってけ。フウゴ、ライカ、客人を家に案内しろ!!」

「おう!!」

「はい!!」

な、なんか不器用な対応だけど……感謝されてんのかな。

ローレライとシルメリアさん、グラッドさんとバオブゥさんも首を傾げている。緑龍の村にはいないタイプの偏屈者《へんくつもの》っぽい。

ダークエルフ母ちゃんが俺の元へ来て、そっと言った。

「ごめんな。うちの人、ああ見えて感謝してんねん」

「はい。わかってます」

「ほんま、おおきにな。まさかここに来て一時間もしないでここまでやるとは、ほんまに驚いたわ」

「あはは……」

まぁ、土を耕して幹を修復しただけなんだけどな。原因もはっきりしていたし。

——と、その時。

「……ご主人様、お下がりください」

「え?」

最初に気付いたのは、シルメリアさんだった。

次にグラッドさんとバオブゥさん、その次にダークエルフたち。

何事かと思ったら……いつの間にか、白い馬がイルミンスールの傍にいた。

『人間……感謝する』

「え」

白い馬は喋った。しかも、俺に向かって頭を下げている。

え？　なにこれ？　マジでどういうこと？

「う、うそやん……」

「ら、ライカ、この魔獣は？」

「あ、アホ!!　この方は魔獣やない!!　この方は……イルミンスールの守護獣、ユニコーン様や!!」

「え」

久しく、忘れていた。

ユニコーン。

伝説に存在する幻獣で、そのツノは霊薬エリクシールの素材の一つ。

確かに白い馬……ユニコーンには、よく見ると立派なツノが生えている。

「うおっ」

ダークエルフたちが全員、その場に跪いた。

あのユニコーン、俺のことめっちゃ見てるんですけど!!

神木の守護獣ユニコーンは、イルミンスールの周りを数周すると、俺の元へパッカラパッカラとやってきた。めっちゃ綺麗だ。

『人間、イルミンスールの浄化に感謝する』

「は、はい。どうも」

低くダークな声だ。というか近くまで来られるとデカい。

ハイエルフの里にいたフェンリルと同じくらいの大きさだろうか。

真っ白な身体にサラサラの鬣《たてがみ》、特徴的なのは、長く美しい純白のツノ……あれがユニコーンのツノか。

ユニコーンは、俺の目を見て言う……うわぁ、なんてキラキラした瞳だよ。まるで宝石じゃないか。

『感謝の証《あかし》に、汝《なんじ》が望むものを与えよう』

「え」

『望むものはあるか？』

「え、えっと……」

いきなりすぎる。

まぁあるっちゃある。でも、『あなたのツノをください』なんて言えるわけないよなぁ。

体の一部をよこせなんて、宣戦布告に取られでもしたら、緑龍の村とダークエルフの里の関係は終わる。最悪、戦争なんてことに――

『ふむ、我のツノが欲しいのか……よかろう』

「はい？」

『持っていけ』

ユニコーンのツノがポロっと落ちた……は？

それだけじゃない。ツノがなくなったユニコーンの額から、ズムズムと新しいツノが瞬く間に生えたのだ。

ちょっと待って。俺、何も言ってない。

唖然としているとユニコーンが言う。

『心配するな。ツノなどいくらでも生やせるわ。ほれ、ほれ!!』

「えぇぇぇっ!?　ちょ、ちょ」

ユニコーンはゲラゲラ笑い、ツノを何本も落としては新しいのを生やしていく。

俺の足下に、たちまちユニコーンのツノが十本ほど転がった。

おいおい嘘だろ!?　ってかなんで俺の考えがわかったんだよ!?

『すまんな、我は心の中を読めるのだ。まさか霊薬エリクシールを作ろうとしているとは。それに、ムルシエラゴ様の眷属《けんぞく》というならなおさらだ』

「え……」

『ムルシエラゴ様には、小さい頃に世話になった。あのお方を背に乗せて走るのが何よりも楽しかった……』

シエラ様、いろんなところで伝説を残しているんだなぁ。

ともかく、ユニコーンのツノをこんなにゲットしてしまった。ダークエルフたちは未だに跪いているし、ローレライやシルメリアさんたちも俺とユニコーンの会話を邪魔しないように黙っている。

つまり、めっちゃ注目を浴びていた。

「えーと、その、ありがとうございます。ツノ、もらいます」

『うむ。改めて感謝を。イルミンスールの葉を食べなければ私は弱ってしまうのでな……これまた、この地を守護することができる』

「ん？　今まではどちらにいたんですか？」

『ああ。少し遠方のダークエルフの里へ向かい、イルミンスールの葉を分けてもらっていた。大地を通じてこの地のイルミンスールが癒されたと感じたのでな、急ぎ戻ってきたのだよ』

「なるほど……あの、葉が付くまでは少し時間が必要になると思います」

『かまわん。ここは元々私の守護する地、もう離れるつもりはない』

ユニコーンは、イルミンスールの根元に寝転ぶ。そして、そのままスヤスヤ眠ってしまった。けっこう疲れてるようだ。

ようやくダークエルフたちも立ち上がり、なぜか全員が俺に頭を下げる。

ダークエルフ父ちゃんこと、里長が言う。

「数々の無礼、誠に申し訳ございません。守護獣イルミンスール様に認められしアシュト様、ダークエルフを代表し、ここに感謝を」

ダークエルフたちは両手を合わせて擦る。全員が一糸乱れぬ動きだ。

どうやら伝統的な感謝の作法らしいけど、俺から見ると商人がお得意様にゴマ擦りしているような手つきにしか見えない。

「歓迎の宴の準備をしますので、どうぞ我が家へお越しください。ライカ、フウゴ、案内を」

「「はい!!」」

ライカとフウゴがビシッと返事をすると、おちゃらけた空気が消えた。なにこれ、急に扱いが変わったんですけど。

グラッドさんとバオブゥさんに、ユニコーンのツノを拾ってロープでひとまとめにしてもらう。

シルメリアさんは相変わらず俺の後ろで空気になっているし、ローレライはこういうことに慣れているのか涼しい顔だ。

「あ、そうだ。宴《うたげ》の前にエンジュの家に行きたいんだけど……」

「え⁉　えと、それは」

エンジュがわたわたしだした。

ローレライはジト目で俺を見る。

「アシュト……宴より女の子の家に行きたいの？」

「え、だ、ダメか？」

「ふふふ……誤解を招く言い方に聞こえるからダメ♪」

「ろ、ローレライ？」

ローレライは、俺の腕を取ると、フウゴとライカに案内させ歩きだす。

なんか俺、余計なこと言ったのかな……エンジュの家の薬院、見たかったのに。

ローレライは気を取り直したように言う。

「今日じゃなくて明日にしなさい。せっかくの宴なんだから、楽しまなきゃ」

「そ、そうか？」

「ええ。ね、シルメリア」

「はい、その通りだと思います。ご主人様、ローレライ様」

うーん、どうやら俺が間違っているようだ。

◇◇◇◇◇

というわけで、宴会になりました。

里の中央に魔獣の骨の櫓《やぐら》が組まれ、そこに豪快に油をかけて燃やされた。すごいな、魔獣の骨の成分が炎に反応して、炎の色が青だったり緑だったり、実に綺麗に変化する。

椅子やテーブルなどはなく、地面にシートを敷き、直接皿を並べ、そこに料理が盛られている。今までにない斬新な宴会だ。

櫓を囲うように、ダークエルフの女性が伝統的な衣装を着て踊っている。魔獣の骨や皮で作った楽器や笛を鳴らし、みんな楽しそうにしている。

グラッドさんとバオブゥさんは、里に来ていたリザード族の若者と酒を酌み交わしていた。どうもサラマンダー族はリザード族に尊敬されているようで、グラッドさんとバオブゥさんの武勇伝を聞いて感動している。

シルメリアさんはもてなされることに慣れていないのか、とにかくソワソワしていた。

料理を勧められてチビチビ食べ、お酒を注がれくぴくぴ飲む。やはり銀猫族としては、もてなされるよりはもてなしたいのだろう。

ローレライは、俺の隣で酒や料理を楽しんでいた。

ダークエルフの料理は肉系が多く、果物や山菜は少ない。俺としてはもっと野菜を摂ったほうがいいと思うけど、ダークエルフの人たちに太っている人などいない。男はムキムキ、女はスタイル抜群だ。

俺も料理を楽しんでいると、ライカとフウゴのお爺ちゃんが酒瓶を持ってきた。

邪魔しちゃ悪いと感じたのか、ローレライはシルメリアさんの元へ。

「ささ、まずは一杯」

「あ、どうも」

「いやぁ、ここに来て一日で解決するとはのぅ……アラシのやつもおぬしを認めたようやな」

アラシ、ああ……里長、ダークエルフ父ちゃんの名前か。

ちなみに、母ちゃんの名前はイナズマと言うらしい。

「ユニコーン様にも認められたおぬしは、この里の英雄やな。カッカッカ、これからは好きな時に遊びに来るとええで」

「あはは……うちの村からけっこう距離があるんで、そんなには来られないと思いますけど」

「そうやなぁ。でも、人生は長い、いつでも来《き》ぃや」

「はい。ありがとうございます」

この日の宴会は、朝まで続いた。

◇◇◇◇◇

翌日。

ローレライとシルメリアさんはダークエルフの里の少女たちに誘われ、一緒にお茶会を開くらしい。ローレライが持参したカーフィーや果実水を、シルメリアさんに淹れてもらうそうだ。

グラッドさんとバオブゥさんは、リザード族の若者に訓練を付けてあげるらしい。

明日には帰るので、俺も今日は好きに過ごすことにした。

というわけで、俺はエンジュの家に。

「こんにちは～」

「あ、いらっしゃい!! ささ、中へどうぞ!!」

エンジュの家も高床式で、階段を上ってすぐのところに魔獣の皮が干してあった。

棚には粉末の入ったスライム製の瓶が並び、固形のものも多くある。瓶の中には赤い液体……血が入ったものもあった。

「すごい……」

「薬草はほとんどないねん。魔獣の血や皮、内臓は乾燥させると薬になるからな」

俺は白いふやけた球体の入った瓶を指さす。

「これは？」

「これはトカゲの目玉や。乾燥させるとカチカチになってな、砕いて飲むと腹の調子がよくなるねん。まぁ食べすぎの薬やな」

「なるほど……」

「ちなみに、腹痛の薬はまだあんねん。こっちの魔牛のツノを煎《せん》じて、このオオウシガエルの肝を混ぜると、強力な便秘薬になるんや」

「ほぉ……ふむ、魔牛とオオウシガエルか。ちょっとメモしていいか？」

「ええよ。なんや、真面目やなぁ」

「知らないことだらけだからな。楽しいよ」

「ふふっ、そうか……なぁ村長」

「ん？」

「あー……なんでもないわ。ちょい待って、お茶持ってくるわ」

「ああ、ありがとう」

エンジュは奥へ引っ込む。

薬品棚が面白く、瓶に書かれている名前を一つずつチェックしながら眺めていると、エンジュが消えた方とは違うドアが開き、ダークエルフの老婆が現れた。

そういえば、エンジュはお婆ちゃんと二人暮らしとライカから聞いていた。

「こんにちは。お邪魔しています」

「……うむ。お前さんに頼みがあるんや」

「はい？」

いきなりすぎる。

出会って五秒でお願いって。

「うちのエンジュを、あんたのところで鍛えてやってくれんか？　知識は叩き込んだつもりやったが、どうも今回みたいに魔獣の素材だけやと足りんようじゃ。あんたの持つ薬草の知識、エンジュに叩き込んでやっとくれ」

「……え、えっと」

「お、おばあちゃん!!　何言ってるんや!?」

話が聞こえていたのか、奥から戻ってきたエンジュが驚いたように言った。

「エンジュ。おまえはまだ若い。学ぶことがたくさんある。うちもあと一万二千年若ければねぇ」

一万二千年ってどんだけだよ……桁が違いすぎる。

「代わりに、あんたの知らないことをエンジュが教える。どうだい？」

「えーと……」

返答に迷っていると、エンジュがお婆ちゃんに言った。

「ばあちゃん!!　うちがいなくなったらばあちゃん一人になるやん!?」

「それがなんだってんじゃ!!　うちを年寄り扱いするんとちゃうぞこの餓鬼!!　うちはまだ三万六千歳じゃ!!」

「「ひっ!?」」

エンジュだけじゃなくて、俺までめっちゃビビった……骨と皮みたいなしわしわお婆ちゃんが、カッと目を見開いて怒鳴りつける姿は、やばい、めっちゃ怖い。

「エンジュ。お前さんも行きたいんじゃろ？　だったら行きな」

「ばあちゃん……」

「あんた、この子を頼んでええかい？」

エンジュの祖母が俺の目をまっすぐ見た。

「……俺としても、エンジュの知識は欲しいです。俺の知らないことを教えてくれたり、逆にエンジュが知りたいことを俺が教えたりすることができるなら、互いにいい刺激になると思います」

「ほな決まりや。さぁさぁ、支度しなエンジュ」

「で、でも、村の薬師が」

「エンジュ、誰がお前に知識を授けたと思っとる？　薬師はうちがいる」

「えぇ？　でもばあちゃん、薬師は引退……」

「どうやらまだ怒鳴られ足りないみたいやな？」

「なんでもない!!　そ、村長、これからよろしく!!」

「お、おう!!　よろしく!!」

こうして、村に魔獣薬師のエンジュが来ることになった。

第二十九章　緑龍の村へ帰ろう

ダークエルフのエンジュを、緑龍の村に招くことになった。

住人としてではない。薬師として、俺の助手として、また同時に俺の講師として、留学という形で来てもらう。衣食住はこちらで手配するし、基本的には俺の薬院で働いてもらうことになるけどね。

エンジュを招くことが決まると、少しいざこざがあった。

「オレも行きたい!!」

「ウチも行きたい!!」

「「あかん!!」」

フウゴとライカだ。

親でありダークエルフの里長であるアラシさんと、母親のイナズマさんに懇願したが、やはり許可はもらえなかった。まぁ、狩りで深追いして魔獣に襲われて連れ去られたとなれば、親としては行かせたくないだろうな。しばらくは目の届くところに置きたいだろうし。

そういうわけで、ダークエルフの里からはエンジュのみ留学になった。

でも、アラシさんはこんなことを言っていた。

「まぁ……アシュト村長の村に使いを出すこともあるやろ。そん時はお前たちに任せるかもしれん」

「ほ、ほんまに？　なぁ父ちゃん!!」

「もちろん、お前らだけやない。手練れのダークエルフも一緒にじゃ」

「父ちゃん……おおきに!!」

「ライカ、あんたも無茶せんといてや……女の子なんやから」

「わかってる。ごめんなさい……」

　ということで、ダークエルフの里とはいい関係を築けたと思う。

　具体的な交易の話は今のところしていないが、珍しい魔獣の肉や、ダークエルフの里にしかない山菜などをお土産にくれた。ダークエルフの里としては、酒を欲しがっているけど……まぁ、友好的な関係を構築できたし、いずれはやり取りしたい。

　そして現在俺たちは、ダークエルフの里の入口で、センティに荷物を積んでいる。

　お土産や、エンジュの荷物などだ。大事な薬品もあるので慎重に積んでいた。

　荷物を積み終え、アラシさんに挨拶する。

「では、お世話になりました。それと、これからよろしくお願いします」

「こちらこそ。イルミンスールの恩人に感謝を」

　アラシさんと握手すると、フウゴとライカが前に出た。

「また来てや、村長。それと、オレもそっちに遊びに行くわ」

「ああ。待ってる。もう魔獣に捕まるなよ」

「へへへ、おおきにな」

「村長、エンジュのことよろしゅう頼むで」

「わかった。ライカも元気で、また来いよ」

「おおきにな!!」

思えば、この姉弟が発端だった。

こうしてダークエルフの里といい関係が築けたことは感謝しなくちゃな。

別れを済ませ、センティに乗る。すると……

『ヒッヒィイイイインンッ!!　ブルルルルッ……』

どこかで馬が……いや、ユニコーンが鳴いた。

ダークエルフたちも驚き、イルミンスールの方角を向く。どうやら、ユニコーンなりの別れの言葉らしい。

「ありがとうございました!!　何かあったらいつでも呼んでください!!」

ダークエルフたちは揉み手しながら頭を下げた。ダークエルフ流の挨拶なんだが、やっぱり成金商人が揉み手しているようにしか見えないんだよなぁ。

センティは走りだし、俺とエンジュはダークエルフのみんなに手を振った。

フウゴとライカが手を振り、ダークエルフの見送りたちは揉み手を続けている。

「緑龍の村……楽しみや!!」

「ことは全然環境が違うからな。それと、俺の弟子もいるから仲良くしてくれよ」

「弟子？　どんな子や？」

「ワーウルフ族だ。弟子だけど、もう立派な薬師だよ」

「ほほぉ～……つまり兄弟子やな」

「ま、まぁそうなるのか？　でも、俺もエンジュから教わりたいことあるし、俺やフレキくんもエンジュの弟子になるってことか……？」

「細かいことはええやん。とにかく、兄弟子がいるってことやな」

「……まぁいいか」

センティは、来た時より速度を落として走っている。それに、いくら酔う俺もそこそこ慣れてきた。

「ご主人様、お茶です」

「お、ありがとう」

「アシュト、気分は大丈夫？」

「ああ。ローレライは平気か？」

「ええ。見て、ダークエルフの女の子からアクセサリーをもらったの。みんなにお土産よ」

「おぉ……」

ローレライは、骨や魔石を組み合わせたブレスレットや首飾りを、綺麗な箱から出して見せてくれた。どれもすごい装飾で美しい。

「ダークエルフの装飾品もなかなかのもんやろ？　狩猟部族だけどお洒落はするねん」

「ええ。とっても素敵だわ」

ローレライも、エンジュとすっかり打ち解けた。

シルメリアさんは揺れる中で器用にお茶を淹れてくれるし、グラッドさんとバオブゥさんは、センティの頭と尻尾の最後部に立って護衛をしてくれている。すごい安心感だ。

こうして、ダークエルフの神木イルミンスールの修復は終わった。

新しい薬師のエンジュを招き、村はますますにぎやかになるだろう。

あずみ圭
Azumi Kei
月が導く異世界道中
Tsukiga Michibiku Isekai Dochu
1~17
8.5
シリーズ累計200万部の超人気作!(電子含む)
TVアニメも大好評!!
CV 深澄 真:花江夏樹
巴:佐倉綾音 澪:鬼頭明里
監督:石平信司 アニメーション制作:C2C
レシート応募プレゼント
キャンペーン実施中!!
2021年6月4日～2021年9月30日まで
詳しくはこちら
薄幸系男子の成り上がりファンタジー、開幕!
●各定価:1320円(10%税込)
●illustration:マツモトミツアキ
1~17巻好評発売中!!
とことん不運、されどチート!!
漫画:木野コトラ
●各定価:748円(10%税込) ●B6判
コミックス1~9巻好評発売中!!

平凡な会社員の男は、気付くと幽霊と化していた。どうやら異世界に転移しただけでなく、最底辺の魔物・ゴーストになってしまったらしい。自らをシグムンドと名付けた男は悲観することなく、周囲のモンスターを倒して成長し、やがて死霊系の最強種・バンパイアへと成り上がる。強大な力を手に入れたシグムンドは辺境の森に拠点を構え、人化した魔物や保護したエルフの母子と一緒に、従魔を生み出したり農場を整備したり、自給自足のスローライフを実現していく——!

●定価:1320円(10%税込)　●ISBN 978-4-434-29115-9　●Illustration:高瀬コウ

この作品に対する皆様のご意見・ご感想をお待ちしております。

おハガキ・お手紙は以下の宛先にお送りください。

【宛先】

〒150-6008 東京都渋谷区恵比寿4-20-3 恵比寿ガーデンプレイスタワー8F
（株）アルファポリス　書籍感想係

メールフォームでのご意見・ご感想は右のＱＲコードから、
あるいは以下のワードで検索をかけてください。

アルファポリス　書籍の感想　検索

ご感想はこちらから

本書はWebサイト「アルファポリス」（https://www.alphapolis.co.jp/）に投稿されたものを、改稿、加筆のうえ、書籍化したものです。

大自然《だいしぜん》の魔法師《まほうし》アシュト、廃《すた》れた領地《りょうち》でスローライフ6

さとう

2021年9月30日初版発行

編集－藤井秀樹・宮田可南子
編集長－太田鉄平
発行者－梶本雄介
発行所－株式会社アルファポリス
〒150-6008 東京都渋谷区恵比寿4-20-3 恵比寿ガーデンプレイスタワー8F
TEL 03-6277-1601（営業）　03-6277-1602（編集）
URL https://www.alphapolis.co.jp/
発売元－株式会社星雲社（共同出版社・流通責任出版社）
〒112-0005 東京都文京区水道1-3-30
TEL 03-3868-3275
装丁・本文イラスト－Yoshimo
装丁デザイン－AFTERGLOW
印刷－図書印刷株式会社

価格はカバーに表示されてあります。

落丁乱丁の場合はアルファポリスまでご連絡ください。

送料は小社負担でお取り替えします。


ISBN978-4-434-29403-7 C0093